文春文庫

秋山久蔵御用控

夕涼み

藤井邦夫

文藝春秋

目次

「秋山久蔵御用控」江戸略地図

実際の縮尺とは異なります

日本橋を南に渡り、日本橋通りを進むと京橋に出る。京橋は八丁堀に架かっており、尚も南に新両替町、銀座町と進み、四丁目の角を右手に曲がると外堀の数寄屋河岸に出る。そこに架かっているのが数寄屋橋御門であり、渡ると南町奉行所があった。南町奉行所には〝剃刀久蔵〟と呼ばれ、悪人を震え上がらせる一人の与力がいた……。

秋山久蔵御用控・登場人物

秋山久蔵（あきやまきゅうぞう）

南町奉行所吟味方与力。〝剃刀久蔵〟と称され、悪人たちに恐れられている。何者にも媚びへつらわず、自分のやり方で正義を貫く。「町奉行所の役人は、お奉行の為に働いてるんじゃねえ、江戸八百八町で真面目に暮らしてる庶民の為に働いているんだ。違うかい」（久蔵の言葉）。心形刀流の使い手。普段は温和な人物だが、悪党に対しては、情け無用の冷酷さを秘めている。

弥平次（やへいじ）

柳橋の弥平次。秋山久蔵から手札を貰う岡っ引。柳橋の船宿『笹舟』の主人で、〝柳橋の親分〟と呼ばれる。若い頃は、江戸の裏社会に通じた遊び人。

神崎和馬（かんざきかずま）
南町奉行所定町廻り同心。秋山久蔵の部下。二十歳過ぎの若者。

蛭子市兵衛（えびすいちべえ）
南町奉行所臨時廻り同心。久蔵からその探索能力を高く評価されている人物。妻が下男と逃げてから他人との接触を出来るだけ断っている。凧作りの名人で凧職人として生きていけるほどの腕前。

香織（かおり）
久蔵の後添え。亡き妻・雪乃の腹違いの妹。惨殺された父の仇を、久蔵の力添えで討った過去がある。長男の大助を出産した。

与平、お福（よへい、おふく）
親の代からの秋山家の奉公人。

幸吉（こうきち）

弥平次の下っ引。

寅吉、雲海坊、由松、勇次、伝八、長八（とらきち、うんかいぼう、よしまつ、ゆうじ、でんぱち、ちょうはち）

鋳掛屋の寅吉、托鉢坊主の雲海坊、しゃぼん玉売りの由松、船頭の勇次。弥平次の手先として働くものたち。伝八は江戸でも五本の指に入る、『笹舟』の老練な船頭の親方。長八は手先から外れ、蕎麦屋を営んでいる。

おまき

弥平次の女房。『笹舟』の女将。

お糸（おいと）

弥平次、おまき夫婦の養女。

太市（たいち）
秋山家の若い奉公人。

秋山久蔵御用控

夕涼み

第一話
忠義者

一

皐月《さつき》——五月。

五日は端午《たんご》の節句。

蒼穹《そうきゅう》に鯉幟《こいのぼり》が泳ぎ、邪気を払うとされる菖蒲《しょうぶ》を軒先に飾ったり、菖蒲湯をたてたりする。そして、中旬には大相撲の夏場所が始まり、二十八日は隅田川の川開きだ。

八丁堀岡崎町《はっちょうぼりおかざきちょう》の秋山《あきやま》屋敷の空には、吹き流しや鯉幟が風を孕《はら》んで翻《ひるがえ》った。

「うわあ、鯉幟だ」

大助《だいすけ》は、空を泳ぐ鯉幟を眩しげに見上げた。

鯉幟は、鯉が滝を登って竜になると云う中国の伝承に由来し、男児の立身出世の願いを込めた飾りとされていた。

「相変わらず立派だな。やっぱり、この辺りじゃあ、うちの鯉幟が一番だ。なあ、そうだろう、太市《たいち》……」

老下男の与平《よへい》は、庭掃除の手を止めて嬉しげに鯉幟を見上げた。

「ええ……」

太市は、与平が去年も同じ事を云ったのを思い出して苦笑し、鯉幟の綱を幟柱に縛り付けた。

「太市……」

式台から香織《かおり》の呼ぶ声がした。

「おっ。旦那さまのお出掛けだ」

太市は、玄関に走った。

「さあ。大助さま」

与平は、大助を促して太市に続いた。

南町奉行所吟味方与力《ぎんみがたよりき》の秋山久蔵《きゅうぞう》は、妻の香織から刀を受け取って腰に差した。

「ではな……」

「お気を付けて……」

「うむ……」

久蔵は、香織、大助、与平、お福《ふく》に見送られ、太市を供に表門に向かった。

久蔵は、空を泳ぐ鯉幟を眺めた。

「鯉幟か……」

「はい……」

「俺が生まれた時、死んだ祖父《じい》さんが揃えてくれてな」

「じゃあ、秋山家代々の鯉幟ですね」

「そんな大層なもんじゃあない……」

久蔵は苦笑し、太市を従えて表門を出た。


南町奉行所に出仕した久蔵は、身の廻りの世話をし終えた太市を屋敷に帰した。

「おはようございます」

定町廻《じょうまちまわ》り同心の神崎和馬《かんざきかずま》が、久蔵の用部屋にやって来た。

「おう。入りな……」

「お邪魔します」

和馬は、用部屋に座った。

「どうした」

「昨夜、神田明神《かんだみょうじん》門前町の盛り場で旗本の倅《せがれ》たちと浪人たちが喧嘩《けんか》になり、止めに入った旗本が巻き込まれ、斬られて死んだそうです」

「何……」

久蔵は眉をひそめた。

「尤《もっと》も、止めに入って斬られた旗本は、医者の手当てを受けてから死にましてね。おそらく家族は御公儀に病死と届け、事件にはしないと思いますが、如何《いかが》しますか……」

和馬は、久蔵の指示を仰いだ。

「うむ。旗本は町奉行所の支配違い。放って置いても良いが、浪人が絡んでいるからには、一通りの事情は調べてみるか……」

巻き込まれて死んだのが、町方の者や浪人なら支配の町奉行所として事の真相を調べなければならない。だが、旗本は目付の支配であり、町奉行所に探索する権限はなかった。

「分かりました。では、一通りの事情を調べてみます」

「うむ。和馬、深入りは無用だ」

久蔵は、小さな笑みを浮かべた。

旗本の起こした事件に下手に絡むと、面倒なだけだ。

「心得ております。では……」

和馬は、笑みを浮かべて頷き、会釈をして用部屋を後にした。

久蔵は見送り、文机《ふづくえ》に積まれた書類に眼を通し始めた。


神田川には、五月の風が爽やかに吹き抜けていた。

和馬は、下っ引の幸吉《こうきち》と共に神田川に架かっている昌平橋《しょうへいばし》を渡り、明神下の通りから神田明神門前町に入った。そして、木戸番の茂吉《もきち》を呼び出し、旗本の倅たちと浪人たちの喧嘩の現場に案内させた。

昼前の盛り場は、微《かす》かな酒の匂いを漂わせて寝静まっていた。

木戸番の茂吉は、和馬と幸吉を盛り場の狭い辻に案内した。

「居合わせた者の話じゃあ、旗本の倅たちと浪人たちは、此処《ここ》で鉢合わせをして喧嘩になったそうです」

茂吉は告げた。

「それぞれの人数は……」

「旗本の倅が二人、浪人も二人です」

「都合四人が刀を抜いたのか……」

和馬は眉をひそめた。

「はい……」

「こんな処で馬鹿な奴らだ」

和馬は呆れた。

「喧嘩の原因は何ですかい……」

幸吉は尋ねた。

「さあ、そいつは……」

茂吉は首を捻《ひね》った。

「分かりませんか……」

「道を譲らないとか、肩がぶつかったとかじゃあないのか……」

和馬は訊《き》いた。

「いえ。そんな風ではなかったようで……」

「和馬の旦那、元々お互いに遺恨を持っていたのかもしれませんね」

「うん。で、通り掛かった旗本が止めに入ったのだな」

「はい。旗本の早川《はやかわ》さまが止めに入ったのですが、喧嘩は治まらず。早川さまも巻き込まれ、腹を刺されて仕舞ったのです。それで大騒ぎになり、居合わせた人たちと早川さまをお医者の順庵《じゅんあん》先生の処に担ぎ込んだのですが、お気の毒に……」

茂吉は、止めに入った旗本の早川に同情した。

「亡くなったか……」

「はい……」

「それで、腹を刺されて亡くなったのが、旗本の早川さまだと、どうして分かったんですかい……」

幸吉は訊いた。

「そいつは、順庵先生の処に運んだ時、自分は旗本の早川左兵衛《さへえ》で、本郷は弓町《ゆみまち》の御屋敷に報《しら》せてくれと仰《おっしゃ》ったので……」

「そうですかい。で、旗本の倅たちと喧嘩相手の浪人たちはどうしました」

「順庵先生の処から戻ったら既にいなくなっていました」

「じゃあ何故、旗本の倅だと……」

幸吉は戸惑った。

「それは、浪人が喧嘩の時、旗本の小倅がでかい顔をするなと怒鳴ったので……」

茂吉は告げた。

「和馬の旦那……」

旗本の倅たちの素性は、はっきりしていなかった。

「うん。旗本の倅たち、この辺りで良く見掛ける者たちなのか……」

「そいつが、あっしは初めて見る方たちでして……」

「じゃあ、浪人たちは、どうなんだ」

「浪人たちは見掛けたような気がするんですが……」

「良く覚えていないか……」

「はい……」

茂吉は、申し訳なさそうに頷いた。

「そうか……」

和馬は、昼前の盛り場を見廻した。

盛り場は、陽差しに薄汚さを露《あらわ》にしていた。

「秋山さま……」

用部屋に当番同心がやって来た。

「只今、お目付、榊原采女正《さかきばらうねめのしょう》さまがお見えにございます」

「何だ」

「榊原さまが……」

久蔵は戸惑った。

目付の榊原采女正が、町奉行所を訪れるなど滅多にない。

昨夜の神田明神門前町での旗本の死に拘《かか》わる事かもしれない……。

久蔵の勘が囁《ささや》いた。


久蔵は、目付の榊原采女正と座敷で逢った。

「不意に訪れて済まぬな」

榊原が詫びた。

「いいえ。して榊原さま、御用は昨夜の神田明神門前町での一件ですか……」

久蔵は尋ねた。

「左様……」

榊原は、厳しい面持ちで頷いた。

只事ではない……。

　久蔵は、榊原の顔色を読んだ。

「旗本の倅と浪人の喧嘩、それで止めに入った旗本が巻き込まれて死んだと聞きましたが、何か……」

「うむ。止めに入って死んだ旗本、早川左兵衛と申してな。徒《かち》目付組頭だ」

「徒目付組頭の早川左兵衛どの……」

　久蔵は戸惑った。

「うむ……」

「榊原さま、早川どのは何か探索を……」

「儂《わし》は聞いてはおらぬのだが、何かを探っていたのは違いあるまい」

　早川は、何かを探索していたが、未だ榊原に報せる迄には至っていなかったのだ。

「ならば、昨夜の一件、その探っていた何かに拘わりがあるかもしれませんか……」

　久蔵は読んだ。

「如何《いか》にも。そこでだ久蔵、此の一件、秘かに探ってみてはくれぬか……」

　榊原は頼んだ。

「心得ました。やれるだけやってみましょう」

久蔵は引き受けた。

神田同朋町《どうぼうちょう》の町医者立石《たていし》順庵は、和馬と幸吉を診察室に招いた。

「立石順庵です。南町の神崎さんと幸吉さんですか……」

「左様。お見知り置きを……」

「で、御用とは昨夜の早川さんの件ですね」

「ええ。傷の具合、どのようなものだったか、順庵先生のお見立てを伺《うかが》いたい……」

「私の見立てですか……」

「聞く処によれば、早川さんは喧嘩を止めに入り、巻き込まれたとの事。それなのに死ぬとは急所近くをやられましたか……」

和馬は読んだ。

「いえ。実はですね、神崎さん。早川さんは腹を深く刺され、抉《えぐ》られていたのです」

「深く刺され、抉られていた……」

和馬と幸吉は、思わず顔を見合わせた。

「ええ。あれはどう見ても、喧嘩に巻き込まれて弾みで刺された傷ではありませんよ」

順庵は、厳しい面持ちで告げた。

「ならば、何者かが殺意を持って……」

和馬は眉をひそめた。

「きっと……」

順庵は頷いた。

「じゃあ、喧嘩に巻き込んで殺したって事ですか……」

幸吉は、緊張を滲《にじ》ませた。

「そう云う事かな……」

早川左兵衛は、旗本の倅と浪人たちの喧嘩に巻き込まれて殺された。もし、そうだとしたなら、旗本の倅と浪人たちの喧嘩は、仕組まれたものなのかもしれない。

「和馬の旦那。こいつは何か裏がありそうですね」

幸吉は睨《にら》んだ。

「うん……」

和馬は、厳しい面持ちで頷いた。


南町奉行所のある数寄屋橋御門《すきやばしごもん》内から本郷弓町に行くには、御曲輪内《おくるわない》大名小路を通って神田橋御門を抜け、駿河台《するがだい》を進んで神田川に架かる昌平橋を渡る。そして、湯島から本郷の通りを北に進むと、北ノ天神真光寺《しんこうじ》に出る。

久蔵は、北ノ天神真光寺門前町の手前を西に曲がり、本郷弓町に進んだ。

徒目付組頭の早川左兵衛は、何を探っていたのか……。

久蔵は、本郷弓町の早川屋敷を訪れ、早川左兵衛が何を探っていたか突き止めようと考えた。


早川家の者たちは、当主左兵衛の死を公儀に病死と届けて喪に服していた。

久蔵は、早川左兵衛の遺体に手を合わせて妻女の良江《よしえ》に悔やみを述べた。

妻女の良江は、幼子《おさなご》を抱いて礼を述べた。

早川家は、当主の左兵衛の他に妻女の良江と赤ん坊の一人息子。そして、隠居した父親夫婦と十五歳になる弟がいた。父親と親類は、公儀に左兵衛を病死と届け、十五歳の弟に早川家の家督を継がせようとしていた。

久蔵は、早川が何を探索していたのか、それとなく探りを入れた。だが、妻女の良江は役目に拘わる事は何も知らなかった。

「お役目に拘わる事ならば、奉公人の佐助《さすけ》にお尋ね下さい」

妻女の良江は、若い下男の佐助を庭先に呼んで久蔵に引き合わせた。

若い下男の佐助は、主人である早川左兵衛の探索を手伝っていたのだ。

「佐助、早川さんは気の毒な事をしたな……」

久蔵は、早川に同情した。

「はい……」

佐助は、怒りと悔しさの入り混じった面持ちで頷いた。

「して、早川さんは何を探索していたのだ」

久蔵は鎌を掛けた。

「探索ですか……」

佐助は、久蔵に探る眼を向けた。

「うむ……」

久蔵は、佐助を見据えた。

「手前は存じません」

佐助は眼を逸らした。

「知らない……」

久蔵は眉をひそめた。

嘘だ……。

久蔵は、佐助が知らぬと嘘を吐《つ》いていると読んだ。

「はい。手前は旦那さまの探索、何も存じません」

佐助は、厳しい面持ちで久蔵を見詰めた。

厳しい面持ちには、必死さが滲んでいた。

佐助は、早川が何を探索していたのか知っているのに隠しているのだ。

何故だ……。

久蔵は、戸惑いを覚えた。

佐助が隠す裏には、早川の死の真相が潜んでいるのかもしれない。

久蔵は睨んだ。

神田明神門前町の盛り場は漸《ようや》く眼を覚まし、連なる飲み屋は開店の仕度《したく》を始めた。

和馬と幸吉は、喧嘩をした旗本の倅と浪人たちを知っている者を捜した。だが、喧嘩をした旗本の倅と浪人たちを知っている者は勿論、馴染《なじみ》の店も中々見つからなかった。

和馬と幸吉は、掃除や仕込みをしている飲み屋の者たちに粘り強く聞き込みを続けた。


大川の流れは輝いていた。

柳橋《やなぎばし》の船宿『笹舟《ささぶね》』は、暖簾《のれん》を微風に揺らしていた。

久蔵は、神田川沿いの道をやって来た。

「こりゃあ、秋山さまじゃありませんか……」

船頭の親方の伝八《でんぱち》は、船宿『笹舟』の船着場から現れた。

「やあ。伝八、変わりはなさそうだな」

「お陰さまで相変わらずですぜ。秋山さまもお変わりなく……」

「うむ。良い季節になったな」

「へい。船を出すのも楽になりましたよ」

伝八は、日焼けした顔を綻《ほころ》ばせた。

「そいつは何よりだ」

久蔵は、船宿『笹舟』の暖簾を潜《くぐ》った。

伝八は続いた。


船宿『笹舟』の店には誰もいなかった。

「女将《おかみ》さん、お嬢さん、秋山さまがお見えですぜ」

伝八は、店の奥に塩辛声で叫んだ。

女将のおまきとお糸《いと》が奥から出て来た。

「これは秋山さま、おいでなさいませ」

「やあ、女将、お糸、柳橋はいるかな」

「はい……」

「おっ母さん、私が仕度をします」

お糸は、久蔵に会釈をして台所に向かった。

「ささ、どうぞ……」

「うむ。じゃあな、伝八……」

「へい。ごゆっくり……」

久蔵は、伝八に見送られて框《かまち》にあがった。

川風は爽やかに座敷を吹き抜けていた。

「どうぞ……」

おまきは、久蔵を座敷に通した。

「奥さまや大助さまにお変わりはございませんか……」

「ああ。与平やお福、太市も達者にしている」

「それはようございました」

おまきは微笑《ほほえ》んだ。

「おいでなさいまし……」

岡っ引の柳橋の弥平次《やへいじ》が入って来た。

「やあ、柳橋の……」

久蔵と弥平次は挨拶を交わした。

「お待たせしました」

お糸は、女中と酒と肴《さかな》の膳を持って来た。

「さあ、お一つ……」

お糸は、久蔵に徳利を差し出した。

「こいつはすまない……」

久蔵は、お糸の酌を受けた。

「おまき、お糸……」

弥平次は、おまきとお糸に目配せをした。

「はい。では秋山さま、ごゆっくり……」

おまきとお糸は、座敷から出て行った。

「お待たせ致しました、秋山さま……」

弥平次は詫び、久蔵に酌をした。

「柳橋の、今日邪魔をしたのは他でもねえ。ちょいと見張って貰いたい奴がいてな」

「何処《どこ》の誰ですか……」

「本郷弓町の旗本早川家の佐助と云う下男だ」

「下男の佐助……」

弥平次は戸惑った。

「うむ。主《あるじ》の早川左兵衛は、昨夜神田明神の盛り場で旗本の倅と浪人の喧嘩に巻き込まれて死んだ旗本だ」

「その件に拘わりが……」

弥平次は眉をひそめた。

「うむ。実はな……」

久蔵は、詳しい経緯《いきさつ》を話して聞かせた。

弥平次は聞き終わり、厳しさを滲ませた。

「分かりました。雲海坊《うんかいぼう》と由松《よしまつ》を行かせます」

弥平次は、手配りをして座敷を出て行った。

久蔵は、微風に吹かれながら手酌で酒を飲んだ。

二

夕暮れ時が近付き、神田明神門前町の盛り場に酔客が現れ始めた。

和馬と幸吉は、喧嘩をした旗本の倅と浪人たちを知る者を探し続けた。だが、旗本の倅と浪人たちを知る者は浮かばなかった。

「旗本の倅と浪人ども、本当にこの界隈《かいわい》で酒を飲んでいたのかな……」

和馬は眉をひそめた。

「ええ。これだけ捜し廻って見付からない処をみると違うのかもしれませんね」

幸吉は首を捻った。

「うん。じゃあ此処の盛り場の馴染は、旗本の倅と浪人たちじゃあなく、殺された早川左兵衛だったのかもしれないな」

和馬は読んだ。

「って事は、旗本の倅と浪人たち、早川さまを待ち伏せでもしていたのですかね」

「かもしれないな」

「じゃあ、早川さまを知っている者がいるかどうか、捜してみますか……」

「うん……」

和馬と幸吉は、明りの灯り始めた盛り場に向かった。

本郷弓町の早川屋敷は夕陽に照らされた。

托鉢坊主《たくはつぼうず》の雲海坊は、斜向《はすむ》かいに見える早川屋敷を見張っていた。

早川屋敷には弔問客が出入りしていた。

しゃぼん玉売りの由松が、雲海坊のいる路地の奥からやって来た。

「兄貴……」

「おう。何かわかったかい」

「ええ。佐助は屋敷の下男仕事より、早川左兵衛さまの御役目の手伝いの方が多かったようですぜ」

由松は、近所の旗本屋敷の中間《ちゆうげん》小者に聞き込んで来た事を雲海坊に報せた。

「じゃあ、早川さまに信用されていたんだな」

「ええ。随分と可愛がられていたようです」

「そうか……」

「兄貴……」

由松は、早川屋敷の裏手から出て来た若い下男を示した。

雲海坊は、若い下男を見詰めた。

若い下男は、辺りを鋭い眼差しで見廻して本郷の通りに向かった。

「佐助ですかね」

「ああ。おそらく間違いないだろう」

「じゃあ……」

「うん……」

雲海坊と由松は、佐助と睨んだ若い下男を追った。

夕陽は沈み、町は薄暮に覆われた。


佐助は、薄暮の本郷の通りを横切り、切通しに進んだ。

雲海坊と由松は尾行《つけ》た。

佐助は、時々尾行者がいるかどうかを確かめるように立ち止まり、背後を警戒しながら足早に進んだ。

雲海坊と由松は、暗がり伝いを慎重に追った。

「随分、用心深い奴ですね」

由松は眉をひそめた。

「ああ。足取りから見て、ありゃあ尾行たり、尾行られたりするのに慣れているな」

雲海坊は睨んだ。

「ええ、早川さまの探索の手伝い、かなりしているようですね」

由松は頷いた。

佐助は、切通しから湯島天神門前町に向かった。

「行き先は湯島天神の盛り場ですかね」

由松は読んだ。

「きっとな。だが、酒を飲みに行く訳じゃあないだろう」

「ええ……」

雲海坊と由松は、佐助を追った。

湯島天神門前町の盛り場には提灯《ちょうちん》の明りが揺れ、酔客の笑い声と酌婦の嬌声《きょうせい》が賑《にぎ》やかに響いていた。

佐助は、擦れ違う酔客たちを一瞥《いちべつ》しながら賑わう盛り場を進んだ。

雲海坊と由松は続いた。

「誰かを捜しているのかな……」

雲海坊は首を捻った。

「そんな風ですね」

由松は頷いた。

佐助は、盛り場を進んだ。

雲海坊と由松は追った。

佐助は、盛り場の奥にある居酒屋の暖簾を潜った。

雲海坊と由松は、物陰から見届けた。

佐助の入った居酒屋の軒行燈《のきあんどん》には、『升屋《ますや》』と書かれていた。

「升屋ですか……」

由松は、軒行燈に書かれた屋号を読んだ。

「よし。升屋がどんな店か、ちょいと聞き込んでくる。由松は店に入って佐助の様子をな」

雲海坊は指示した。

「承知……」

由松は頷いた。

雲海坊は立ち去り、由松は居酒屋『升屋』の暖簾を潜った。

「いらっしゃい」

居酒屋『升屋』の若い衆は、由松を威勢良く迎えた。

「おう。酒を頼むぜ」
由松は、若い衆に酒を注文しながら店内に佐助を捜した。
佐助は、片隅で酒を飲みながら入って来た由松を見ていた。
追って来たのが気付かれているのか……。
由松は戸惑った。
佐助は、由松から視線を外して酒を飲んだ。
入って来た客を見定めただけだ……。
由松は、安堵しながら佐助の見える処に座った。
佐助は、酒を飲みながら店内を眺めていた。
由松は、佐助の視線の先を追った。
視線の先では、職人、人足、お店者《たなもの》などの雑多な客が酒を飲んでいた。
佐助は、雑多な客たちを窺《うかが》いながら酒を飲んでいた。
「おまちどお……」
若い衆が酒を持って来た。
「おう……」
由松は、手酌で酒を飲みながら佐助を見張り始めた。

佐助は、客の中の誰かを捜している。

おそらく、佐助の捜している客は、居酒屋『升屋』の馴染なのだ。

佐助は、その馴染客が来るのを待っているのだ。

由松は見守った。

「升屋ですか……」

厚化粧の酌婦は、酒と白粉《おしろい》の匂いを複雑に混じり合わせていた。

「ああ。どんな飲み屋かな……」

雲海坊は、厚化粧の酌婦に小粒を握らせた。

「あら。すみませんねえ、お坊さま。どんなって、普通の居酒屋ですよ」

厚化粧の酌婦は、渡された小粒をさっさと胸元に仕舞い込んだ。

「普通か……」

「ええ。酒や肴の味も値も、普通だと思いますよ」

「客種はどうだ。博奕《ばくち》打ちや凶状持が馴染じゃあないのかな」

「さあ、そんな話は聞きませんね」

「じゃあ、悪い噂はないのか……」

「別にありませんよ。悪い噂なんか……」

「そうか……」

居酒屋『升屋』は、博奕打ちや凶状持の溜り場でもなければ、これと云った悪い噂もないようだ。

雲海坊は見定めた。

夜は更け、盛り場は一段と賑わった。


秋山屋敷は表門を開け、与平と太市は門前の掃除をしていた。

和馬がやって来た。

「おう。今日も良い天気だな……」

「こりゃあ神崎さま、おはようございます」

与平と太市は挨拶をした。

「うん。太市、秋山さまに取り次いでくれ」

「はい。只今……」

太市は、掃除を与平に任せて屋敷に走った。

久蔵は、和馬を座敷に招いた。

和馬は、久蔵に朝の挨拶をして探索をして分かった事を報せた。

「早川左兵衛、腹を深く刺されて抉られていたか……」

久蔵は眉をひそめた。

「はい。とても喧嘩に巻き込まれて負った傷とは思えません」

「うむ……」

「それで、神田明神の盛り場で喧嘩をした旗本の倅と浪人たちを捜したのですが、今の処、見付からなく、知っている者は浮かばないのです」

和馬は、悔しげに告げた。

「そうか。和馬、殺された早川左兵衛は徒目付組頭だった」

「徒目付組頭……」

和馬は驚いた。

「うむ。昨日、お目付の榊原采女正さまが南町奉行所にお見えになってな……」

「榊原さまが……」

「うん。して……」

久蔵は、榊原との話の仔細を告げた。

「そうですか、早川左兵衛が巻き込まれた喧嘩、仕組まれたものかもしれませんか……」

和馬は眉をひそめた。

「うむ……」

久蔵は頷いた。

「旦那さま……」

太市が廊下にやって来た。

「何だ」

「柳橋の親分さんが、雲海坊さんと一緒にお見えです」

「そうか、通って貰え」

久蔵は太市に命じた。

「心得ました」

太市は、返事をして足早に立ち去った。そして、弥平次と雲海坊を誘《いざな》って来た。

弥平次と雲海坊は、久蔵と和馬に朝の挨拶をした。

「して、柳橋の。下男の佐助は動いたか……」

「はい。雲海坊、仔細を……」

弥平次は、雲海坊を促した。

「はい。下男の佐助、昨日、日が暮れてから屋敷を出て湯島天神の盛り場に行き、升屋と云う居酒屋で誰かが来るのを待ったのですが、一刻半が過ぎても結局は現れなかったようでして、本郷弓町の屋敷に帰りました」

「湯島天神の居酒屋か……」

「はい。博奕打ちや食詰め浪人の溜り場でもなく、極《ご》普《く》通の居酒屋です」

「佐助、その居酒屋に誰かが来るのを待っていたか……」

「はい……」

雲海坊は頷いた。

「和馬、喧嘩をした旗本の倅と浪人たち、神田明神じゃあなく湯島天神の盛り場の馴染かもしれねえな」

久蔵は読んだ。

「はい。今日は湯島天神の盛り場に行って捜してみます」

和馬は頷いた。

「うむ。で、雲海坊、佐助は……」

「由松が張り付いております」

「秋山さま、どうやら佐助は、早川さまが喧嘩に巻き込まれて死んだとは思っちゃあいないようですね」

弥平次は睨んだ。

「ああ。殺されたと睨んでいるのだろう。で、何を企てているのかだ……」

久蔵は、佐助の企てに微かな不安を覚えた。

「とにかく和馬、喧嘩をした旗本の倅と浪人たちを急ぎ突き止めろ」

「心得ました」

「雲海坊、佐助から眼を離すな」

「承知しました」

「よし。掛かってくれ」

久蔵は命じた。

本郷弓町の早川屋敷は、表門を閉じて喪に服していた。

由松は、斜向かいの旗本屋敷の路地から見張っていた。

「どうだ……」

路地の奥から雲海坊が現れ、破《や》れ饅頭笠《まんじゅうがさ》をあげて早川屋敷を窺った。

「佐助、動いちゃあいませんぜ」

「そうか。佐助から眼を離すな。秋山さまのお言葉だ」

「秋山さまですか……」

「ああ。それから、神田明神の盛り場じゃあ、喧嘩をした旗本の倅や浪人たちが見付からないそうだぜ」

「って事は、兄貴……」

由松は、厳しさを滲ませた。

「ああ。和馬の旦那、今日は湯島天神の盛り場で捜してみるそうだ」

「昨夜、佐助が升屋で待っていたのは、旗本の倅か浪人だったのかもしれませんね」

由松は読んだ。

「おそらくな……」

雲海坊は頷いた。

湯島天神の境内は、朝から参拝客で賑わっていた。

和馬と幸吉は、本殿に手を合わせて門前町の盛り場に向かった。

門前町の盛り場は、神田明神の盛り場同様未だ眠っていた。

和馬と幸吉は、門前町の木戸番を訪れた。

「お旗本の若様たちですか……」

木戸番は聞き返した。

「うん。二人連れの者たちなんだが、知らないかな」

和馬は尋ねた。

「二人連れかどうかは分かりませんが、この界隈で良くお酒を飲んでいるお旗本の若様ならいますが……」

木戸番は眉をひそめた。

「いるか……」

「はい……」

「旦那……」

和馬と幸吉は、漸く手応えを感じた。

「その旗本の若様、何て名前だ」

「岡部恭一郎《おかべきょういちろう》さまです」

「岡部恭一郎か……」

「はい」

「その岡部恭一郎さん、どんな人ですかい」

幸吉は訊いた。

「そいつが未だ十六、七歳ぐらいなのに、酒に女に博奕の三拍子揃った若様でしてね。余り評判は良くありませんよ」

木戸番は、うんざりした面持ちで告げた。

「じゃあ、御定法《ごじょうほう》に触れる真似もしているんですかね」

「きっと……」

木戸番は頷いた。

「どんな御定法に触れる真似だ」

和馬は、身を乗り出した。

「そいつが良く分からない程、狡賢《ずるがしこ》く立ち廻っているそうでしてね。飲み屋の連中も手を焼いていますよ」

「そんなに酷《ひど》いのか……」

和馬は眉をひそめた。

「ええ。ですが、何と云っても二千石取りのお旗本の若様。滅多な事を云うと、無礼打ちにされますからねえ」

木戸番は、腹立たしさを滲ませた。

「そうか……」

「和馬の旦那、こいつは是非とも御目に掛かりたいもんですね」

幸吉は、小さな笑みを浮かべた。

「ああ。で、その岡部恭一郎、屋敷は何処だ」

「下谷《したや》の三味線堀《しゃみせんぼり》だと聞きましたが、詳しくは知りません」

「三味線堀か……」

下谷三味線堀に屋敷のある旗本の倅の岡部恭一郎……。

和馬と幸吉の前に、漸く喧嘩をした旗本の倅らしき者が浮かんだ。


早川屋敷は静けさに包まれていた。

雲海坊と由松は、下男の佐助が動くのを待っていた。

四半刻《しはんとき》が過ぎた。

風呂敷包みを抱えた佐助が、早川屋敷の裏手から出て来た。

「雲海坊の兄貴……」

「うん……」

雲海坊は、佐助を見守った。

佐助は、早川屋敷に深々と頭を下げて立ち去ろうとした。

雲海坊は、微かな戸惑いを過《よ》ぎらせた。

「佐助……」

老下男が、佐助を追って裏手から出て来た。

佐助は立ち止まった。

「喜助《きすけ》さん……」

「どうしても行くのかい……」

喜助と呼ばれた老下男は、佐助に心配げな眼を向けた。

「はい。長い間、お世話になりました」

佐助は、喜助に深々と頭を下げた。

「そうか。俺の方こそいろいろ世話になった。礼を云うよ。こいつは、少ないが餞別《せんべつ》だ」

喜助は、佐助に小さな紙包みを渡そうとした。

「喜助さん、お気遣いは無用ですよ」

「なあに、僅《わず》かなもんだ。遠慮は要らない」

喜助は、佐助に小さな紙包みを握らせた。

「そうですか。じゃあ遠慮なく。ありがとうございます」

「うん。じゃあ、達者でな……」

「はい。喜助さんも。奥方さまと若様を宜しくお願いします」

佐助は、喜助に頼んで身を翻した。

喜助は見送った。

由松は、素早く佐助を追った。

雲海坊は、喜助が早川屋敷に戻るのを見届けて由松に続いた。

佐助は、早川屋敷から暇《いとま》を取った。

暇を取ってどうする気だ……。

もう、早川左兵衛の死に拘わるつもりはないのか……。

雲海坊は、佐助が暇を取って何をするのか気になった。

浅草三味線堀は、出羽国《でわのくに》久保田藩江戸上屋敷の前にあり、その流れは鳥越川《とりごえがわ》として大川に続いている。

旗本岡部家の屋敷は、三味線堀の北側にあった。

岡部家は二千石取りであり、当主の岡部内記《ないき》は無役である。そして、十七歳になる一人息子の恭一郎がいた。

和馬と幸吉は、岡部家の内情と恭一郎の素行を調べ始めた。

岡部恭一郎の評判は、界隈の大名旗本屋敷の中間小者たちの間でやはり良くなかった。そして、評判の良くないのは恭一郎だけではなく、父親の岡部内記も悪かった。

三

不忍池《しのばずのいけ》には水鳥が遊び、水飛沫《みずしぶき》が陽差しに煌《きら》めいていた。

佐助は、風呂敷包みを抱えて畔《ほとり》にある古い茶店を訪れた。

古い茶店の老婆は、佐助と顔馴染らしく笑顔で迎えた。

雲海坊と由松は、雑木林の陰から見守った。

佐助は、老婆に頭を下げて何事かを頼み始めた。

老婆は、佐助の話を聞いて笑顔で頷いた。

佐助は安堵を浮かべた。

「どうやら婆さん、佐助の頼みを聞いたようですね」

「うん……」

佐助は、老婆に誘われて茶店を出て裏庭に向かった。

雲海坊と由松は、裏庭の見える処に素早く移動した。

佐助は、老婆と共に裏庭の隅にある納屋に入った。そして、粗末な煎餅蒲団《せんべいぶとん》を持ち出して干し始めた。

納屋は、人が住めるように改築されているのだ。

「どうやら佐助、今夜からあの納屋を借りて寝泊まりするようですね」

由松は読んだ。

「うん……」

佐助は、早川家から暇を取り、不忍池の畔の茶店の納屋に移った。

「佐助、早川家から暇を取って、もう拘わらないつもりなんですかね」

由松は眉をひそめた。

「さあ、そいつはどうかな……」

雲海坊は首を捻った。

煎餅蒲団を干した佐助は、納屋の中を掃除して水を汲《く》んだ。そして、寝泊まりが出来るようにして納屋を出た。

雲海坊と由松は、雑木林伝いに追った。

佐助は、不忍池の畔を下谷広小路に向かった。

佐助は、早川左兵衛殺しに拘わって行くのか、それとも手を引くのか……。

雲海坊と由松は、佐助の出方を見定めようとした。


和馬と幸吉は、三味線堀界隈で聞き込みを続けた。

聞き込みで分かった事は、倅の恭一郎より父親の内記に拘わる事が多かった。

旗本岡部内記は、五年前に普請《ふしん》奉行の役目に就いていた。しかし、出入りの業者から賄賂《わいろ》を取るのが眼に余り、一年でお役御免となった。

「一年でお役御免とは……」

幸吉は呆れた。

「普請奉行や作事奉行は町方の業者と拘わり、何かと付届けの多い役目だ。だから、多少の目零《めこぼ》しは当たり前だとされているが、一年でお役御免とは、ここぞとばかりの荒稼ぎ、かなり酷かったのだろうな」

和馬は苦笑した。

「ええ。それで倅の恭一郎ですが、仲間と連《つる》んで強請《ゆす》りに集《たか》り。裏では女を手込めにしたり、辻強盗を働いたり、と専《もっぱ》らの噂ですよ」

幸吉は吐き棄てた。

「噂か……」

「ええ。殺された早川左兵衛さま、徒目付組頭の御役目柄、その噂が本当かどうか探っていたのかもしれませんね」

幸吉は読んだ。

「そして、早川さんの探索に気付いた恭一郎が仲間と喧嘩の狂言を打って巻き込み、殺したか……」

「違いますかね……」

幸吉は、和馬の出方を窺った。

「ま、その辺だろうが、本当だと証明するには、狂言仲間の旗本の倅や浪人共を押えるしかないな」

「ええ……」

幸吉は頷いた。

「よし。じゃあ、今夜は湯島天神で捜してみるか……」

「はい……」

「それにしても、父子揃っての陸《ろく》でなしってのも、珍しいもんだぜ」

和馬は、呆れ果てたように笑った。

爽やかな風が吹き抜け、三味線堀に幾筋かの小波《さざなみ》が走った。


下谷広小路から山下に進むと、鬼子母神《きしもじん》で名高い入谷《いりや》になる。

佐助は、入谷鬼子母神の裏手に進んで雨戸を閉めた小さな店の前に立ち止まった。

雲海坊と由松は見守った。

佐助は、雨戸を閉めた小さな店を窺った。

「潰《つぶ》れた荒物屋のようですね」

由松は、店の戸口の横に釘で打ち付けられている『荒もの』と書かれた古い看板を示した。

「うん。誰かいるのかな」

雲海坊は眉をひそめた。

佐助は、潰れた荒物屋の中の様子を窺い続けた。そして、厳しい面持ちになり、その場を離れて物陰に潜んだ。

「店の中にいる奴を見張るつもりだな」

雲海坊は睨んだ。

「ええ……」

由松は頷いた。

潰れた荒物屋にいるのは何者なのか……。

それは、早川左兵衛殺しに拘わりのある者なのか……。

そして、佐助は何をする気なのか……。

雲海坊と由松は、物陰に潜んだ佐助を見張った。

鬼子母神の境内からは、子供たちの楽しげに遊ぶ声が響いた。

岡部屋敷の潜り戸が開いた。

和馬と幸吉は、三味線堀の船着場から見張っていた。

「恭一郎、現れないな」

「熱《ほとぼり》が冷める迄、動かないかもしれませんね」

「野郎……」

和馬は、苛立《いらだ》ちを浮かべた。

総髪の武士が開いた潜り戸から現れ、険しい眼差しで辺りを見廻した。そして、辺りに不審な事はないと見定め、潜り戸の中に何事かを告げた。

頭巾《ずきん》を被った恰幅《かっぷく》の良い武士が現れ、総髪の武士を従えて下谷七軒町に向かった。

「和馬の旦那……」

「ああ、おそらく恭一郎の父親の岡部内記だろう」

和馬は、頭巾を被った恰幅の良い武士をそう睨んだ。

「どうします……」

「よし。追ってみてくれ」

「承知……」

幸吉は、岡部内記を追った。

和馬は見送り、恭一郎の動くのを待った。

下谷七軒町に出た岡部内記は、総髪の武士を従えて下谷広小路に進んだ。

幸吉は尾行た。

岡部と総髪の武士は、尾行者を警戒する様子はなかった。

幸吉は油断せず、慎重に追った。


西日は赤味を滲ませた。

岡部は、総髪の武士を従えて不忍池の畔を進んだ。そして、畔にある料理屋『花柳《はなやぎ》』の木戸門を潜った。

幸吉は見届けた。

岡部内記は、料理屋『花柳』で誰かと逢うのだ。

逢う相手は誰だ……。

幸吉は、岡部の逢う相手に興味を持った。

夕陽は不忍池を赤く染め始めた。


夕暮れ時、入谷鬼子母神の境内から子供たちは去った。

佐助は、潰れた荒物屋を見張り続けた。

雲海坊と由松は、物陰から佐助と潰れた荒物屋を見守った。

潰れた荒物屋の雨戸が開いた。

佐助は、物陰に潜んだ。

髭面《ひげづら》と痩せた二人の浪人が荒物屋から現れ、下谷広小路に続く往来に向かった。

佐助は、二人の浪人を追った。

「兄貴……」

「ああ。浪人が二人、狂言喧嘩の片割れかもしれないな」

雲海坊は睨んだ。

「ええ。それにしても佐助、何をするつもりなんですかね」

由松は眉をひそめた。

「気になるのはそこだぜ」

雲海坊と由松は、二人の浪人を追う佐助に続いた。

夕陽は行き交う人の影を長く伸ばした。

三味線堀の岡部屋敷は夕陽に覆われた。

恭一郎が現れる事はなく、和馬は見張りを続けた。

和馬は、持久戦を覚悟していた。

恭一郎が、大人しく屋敷にいるのも限界がある。

我慢の限界を越え、必ず出て来る……。

和馬は、恭一郎の人柄をそう読んでいた。

三味線堀に入って来た屋根船が、船着場に船縁《ふなべり》を寄せた。

「和馬の旦那……」

屋根船の船頭は、岡っ引の柳橋の弥平次配下の勇次《ゆうじ》だった。

「おう。来てくれたか……」

和馬は、屋根船に乗り込んだ。

「遅くなりました」

勇次は、屋根船を船着場に舫《もや》った。

和馬は、幸吉が岡部内記を追って行った後、下谷七軒町の木戸番を船宿『笹舟』に走らせていたのだ。

「いや。来てくれて大助かりだぜ」

「あの屋敷ですか……」

勇次は、岡部屋敷を眺めた。

「ああ。主は岡部内記、狙いは十七歳になる倅の恭一郎だ」

「倅の恭一郎……」

「ああ……」

和馬は、勇次に徒目付組頭の早川左兵衛を喧嘩に巻き込んだ旗本の倅として岡部恭一郎が浮かんだ経緯を教えた。

「分かりました。あっしが見張ります。和馬の旦那は一服して下さい」

勇次は、和馬と見張りを交代した。

「ありがたい……」

和馬は、見張りの緊張を解き、屋根船の障子の内に入って大の字になった。

不忍池の畔の料理屋『花柳』は、木戸門の屋号を書いた掛行燈に明りを灯した。

岡部内記は、総髪の武士を従えて入ったままだった。

誰と逢っているのか……。

幸吉は、下足番の老爺《ろうや》に懐の十手を見せて小粒を握らせた。

「こいつはどうも……」

下足番の老爺は、嬉しげに小粒を握り締めた。

「お旗本の岡部内記さまですか……」

「うん。誰と逢っているんだい……」

「松島頼母《まつしまたのも》さまと仰るお武家さまにございますよ」

「はい。何処かの大名家の御家中の方だと思います」

「大名家の御家中か……」

幸吉は眉をひそめた。

「はい……」

「何処のお大名家かな……」

「そこ迄は……」

老爺は首を捻った。

「そうか。じゃあ、父っつぁん。その松島頼母さまが帰る時、ちょいと報せちゃあくれないかな」

「お安い御用で……」

老爺は、小粒を固く握り締めて歯の抜けた口許を綻ばせた。

湯島天神門前町の盛り場は賑わっていた。

髭面と痩せた二人の浪人は、居酒屋『升屋』に入った。

佐助は、斜向かいの路地の暗がりに入って見張り始めた。

雲海坊と由松は見届けた。

「升屋ですぜ……」

「昨夜、佐助が張り込んだ居酒屋か……」

「ええ……」

昨夜、佐助は居酒屋『升屋』を見張り、喧嘩をした旗本の倅と浪人たちが来るのを待ったのだ。

「で、二人の浪人が来たとなると、喧嘩相手の旗本の倅も来るかもしれませんね」

「ああ。佐助はそいつを待っている。って事は、早川家から暇を取っても、左兵衛殺しから手を引く気はない訳だ」

雲海坊は読んだ。

佐助は、早川家から暇を取り、主の左兵衛殺しの真相を突き止めようとしている。

雲海坊は、佐助の腹の内を知った。

岡部屋敷に若い侍が訪れた。

「和馬の旦那……」

勇次は、障子の内の和馬を呼んだ。

和馬は、勇次に並んで岡部屋敷を見た。

若い侍は、中間に迎えられて潜り戸から屋敷内に入った。

「恭一郎と連んでいる奴ですかね」

「ああ。間違いあるまい。漸く動くかもしれないな」

和馬は読んだ。

僅かな刻が過ぎ、岡部屋敷から若い侍が中間に見送られて出て来た。

「さっきの奴ですね」

「うん。一人だな」

和馬は戸惑った。

岡部恭一郎は出て来ない……。

和馬は苛立った。

若い侍は、神田川に向かった。

「追いますか……」

「すまぬが、そうしてくれ」

「承知……」

勇次は、和馬を残して神田川に向かった若い侍を追った。

料理屋『花柳』の木戸門の前に、客を送る町駕籠《まちかご》が着いた。

幸吉は、雑木林の木陰から見張っていた。

下足番の老爺が『花柳』から現れ、手にした提灯を小さく廻した。

大名家家中の松島頼母が帰る合図だ。

幸吉は、松島頼母の行き先を突き止めるつもりだった。

料理屋『花柳』から、小柄な初老の武士が総髪の武士と女将たちに見送られて出て来た。

「ではな……」

初老の武士は、総髪の武士に頷いて見せた。

「わざわざのお運び、忝《かたじけ》のうございました」

総髪の武士は、深々と頭を下げた。

「うむ……」

松島頼母は、町駕籠に乗り込んだ。

駕籠舁《かき》は、掛け声を合わせて町駕籠を担ぎ上げ、小田原提灯を揺らして下谷広小路に向かった。

総髪の武士と女将たちは、料理屋『花柳』に戻った。

幸吉は、松島を乗せて去って行く町駕籠の小田原提灯を追った。

若い侍は、湯島天神門前町の盛り場の賑わいを進んだ。

勇次は、慎重に追った。

若い侍は、居酒屋『升屋』の暖簾を潜った。

勇次は見届けた。

「勇次……」

背後から来た由松が、勇次に囁き掛けて追い抜いて行った。

由松さんだ……。

勇次は続いた。

由松は、勇次を暗がりに誘った。

「由松さん……」

「あの居酒屋の斜向かいの路地に佐助がいる」

由松は、居酒屋『升屋』の斜向かいの路地を示した。

勇次は、斜向かいの路地にいる佐助に気が付いた。

「佐助って、誰ですかい……」

勇次は眉をひそめた。

「殺された早川左兵衛さまの下男だった奴だ」

「下男だった奴……」

「ああ。早川家から暇を取ってな。雲海坊の兄貴の処に行くぜ」

由松は、勇次を雲海坊のいる処に誘った。


「おう……」

雲海坊は、饅頭笠をあげて勇次を迎えた。

「御苦労さんです」

「あの若い侍、何者だい」

「岡部屋敷に来た奴でしてね。おそらく恭一郎って倅と連んでいる奴です」

「恭一郎……」

雲海坊と由松は眉をひそめた。

「はい……」

勇次は、和馬から聞いた岡部恭一郎の事を雲海坊と由松に報せた。

「そうか、岡部恭一郎か……」

雲海坊と由松は、浪人と喧嘩をした旗本の倅が岡部恭一郎だと読んだ。

「で、今来た若い侍、恭一郎と連んでいるかもしれないんだな」

「はい……」

「じゃあ、浪人たちと喧嘩をした二人の旗本の倅の一人ですかね」

由松は睨んだ。

「おそらくな……」

雲海坊は頷いた。

「で、どうします」

由松は、見張っている佐助を一瞥し、居酒屋『升屋』を窺った。

「よし。由松、升屋に入って二人の浪人と若い侍の様子を見て来い」

「承知……」

由松は、雲海坊と勇次を残して居酒屋『升屋』に入った。

居酒屋『升屋』は賑わっていた。

髭面と痩せた二人の浪人は、店の隅で勇次の追って来た若い侍と酒を飲んでいた。

二人の浪人と若い侍は、やはり知り合いだったのだ。

由松は、三人の傍で酒を飲み始めた。

三人は、何事かを小声で話しては笑い、酒を飲んでいた。

その様子からみると、三人はかなり親しい間柄であり、仲間と云って良いようだ。

由松は、酒を飲みながら見守った。

松島頼母を乗せた町駕籠は、昌平橋を渡って駿河台の武家屋敷街に向かった。

幸吉は尾行た。

町駕籠は、小田原提灯を揺らして進んだ。

そして、或る大名屋敷の前に停まった。

幸吉は、物陰に忍んだ。

松島は、町駕籠を降りて大名屋敷に入った。

幸吉は見届けた。

四

湯島天神門前町の盛り場の賑わいは続いた。

由松は、居酒屋『升屋』を出て雲海坊と勇次の許に駆け寄った。

「どうだった」

「浪人共と若い侍は連んでいます。今、出て来ますぜ」

由松は短く告げた。

髭面と痩せた二人の浪人と若い侍は、笑いながら居酒屋『升屋』から出て来た。

雲海坊、由松、勇次は、佐助の出方を窺った。

佐助は、盛り場の出入口に向かう二人の浪人と若い侍を追った。

「よし。行くぜ」

雲海坊、由松、勇次は追った。

湯島天神裏の切通しに人通りは少なかった。

髭面と痩せた二人の浪人と若い侍は、切通しを本郷の通りに向かった。

佐助は追った。

雲海坊、由松、勇次は、佐助に続いた。

「野郎たち、何処に行くんですかね」

勇次は眉をひそめた。

「春木町の旗本屋敷に賭場を開いている中間部屋があるそうだ。そこに行く気かもな」

由松は読んだ。

春木町は、切通しが本郷の通りに抜ける手前にある町で小旗本や御家人の屋敷が連なっていた。

「賭場ですか……」

「ああ……」

雲海坊、由松、勇次は、髭面と痩せた二人の浪人と若い侍を尾行る佐助を追った。
二人の浪人と若い侍は、辻を曲がった。
佐助は走った。そして、二人の浪人と若い侍を追って辻を曲がった。
白刃《はくじん》が閃《ひらめ》いた。
佐助は、咄嗟《とっさ》に身体を投げ出して躱《かわ》した。
髭面の浪人は、倒れ込んでいる佐助に迫り、二の太刀を放った。
血が飛んだ。
佐助は、右肩を斬られて倒れた。
痩せた浪人と若い侍が現れ、素早く佐助の背後を塞《ふさ》いだ。
佐助は取り囲まれた。
「手前、どうして俺たちの後を尾行る」
髭面の浪人は、嘲笑《ちょうしょう》を浮かべて佐助に刀を突き付けた。
佐助は、右肩を血に染めて後退《あとずさ》りした。
「吐け……」
髭面の浪人は怒鳴った。

佐助は跳ね起き、背後の若い侍に匕首《あいくち》を閃かせた。

若い侍は、大きく跳び退《の》いて躱した。

佐助は、匕首を握り締めて逃げようとした。

痩せた浪人は、抜き打ちの一刀を放った。

佐助は、脇腹を斬られて仰《の》け反《ぞ》った。

「手前、早川左兵衛の処の奉公人だな……」

痩せた浪人は、佐助に冷酷な笑みを投げ掛けた。

「早川左兵衛の奉公人だと……」

髭面の浪人は、佐助を睨み付けた。

「旦那さまの恨み、晴らしてやる……」

佐助は片膝を突き、右肩と脇腹から血を流して握り締めた匕首を震わせた。

「その前に叩き斬ってやる……」

髭面の浪人は、残忍に笑いながら刀を片手上段に翳《かざ》した。

刹那《せつな》、夜空に呼子笛《よびこぶえ》が鳴り響き、二人の浪人と若い侍に闇から拳大《こぶしだい》の石が唸《うな》りをあげて飛来した。

雲海坊、由松、勇次だ。

二人の浪人と若い侍は怯《ひる》み、投げ付けられる石を必死に躱した。

「火事だ。火事だぞ」

雲海坊、由松、勇次は、呼子笛を鳴らしながら大声で叫んだ。

人は〝人殺し〟と聞いて身を竦《すく》め、〝火事〟と聞いて外に飛び出す。

近くの家や武家屋敷から人が出て来た。

「退《ひ》け……」

痩せた浪人は、髭面の浪人と若い侍に短く告げ、本郷の通りに走った。

髭面の浪人と若い侍は続いた。

「雲海坊の兄貴……」

「おう……」

由松と勇次は、髭面と痩せた二人の浪人と若い侍を追った。

雲海坊は、血塗《ちまみ》れになって倒れている佐助に駆け寄った。

「大丈夫か……」

「あ、ありがとうございました。お陰で助かりました……」

佐助は、嗄《しゃが》れ声で礼を云い、苦しげに顔を歪《ゆが》めて気を失った。

「しっかりしろ。今、医者に連れて行ってやるぞ」

雲海坊は、血に塗れて気を失っている佐助を担ぎ上げた。

翌日早く、柳橋の弥平次が秋山屋敷を訪れた。

久蔵は、弥平次を座敷に通した。

「どうした、柳橋の……」

「はい。下男の佐助、早川家から暇を取って探索を続け、浪人たちに斬られました」

弥平次は報せた。

「佐助が斬られた……」

久蔵は眉をひそめた。

「はい。で、雲海坊が医者に担ぎ込んで命は取り留めました」

「そいつは良かった。して、今は何処だ……」

「笹舟に……」

弥平次は、医者の手当てを受けた佐助を船宿『笹舟』に引き取った。

「そうか。面倒を掛けるな。して、浪人共はどうした」

「入谷の鬼子母神裏の潰れた荒物屋に住み着いていましてね。そこに戻ったそうでして、由松が見張っています」

「よし」

久蔵は頷いた。

「それから秋山さま、岡部恭一郎の父親、岡部内記さまですが……」

弥平次は眉をひそめた。

「岡部内記がどうかしたのか……」

「昨夜、松平出羽守《でわのかみ》さま御家中の松島頼母さまと不忍池の畔の料理屋で逢いました」

昨夜、幸吉が追った松島頼母は駿河台の大名屋敷に入った。その大名屋敷は三河国《みかわのくに》鷹野藩江戸上屋敷であり、藩主は松平出羽守だった。

「岡部内記、松平出羽守さまの家来と逢ったのか……」

「はい。松平出羽守さまとは確か……」

「うむ。老中の一人だ」

老中は七人おり、松平出羽守はその内の一人だった。

岡部内記は、何故に老中松平出羽守の家臣である松島頼母と逢ったのか……。

それが、徒目付組頭の早川左兵衛殺しに拘わりがあるのか……。

ひょっとしたら、事の真相はその辺りにあるのかもしれない。

久蔵は、不意にそう思った。

「それにしても佐助、どうして早川家から暇を取ったんでしょうね」

弥平次は、戸惑いを浮かべた。

「己の探索が早川家に累を及ぼすのを恐れて、暇を取ったのだろうな」

久蔵は読んだ。

「成る程。佐助、亡くなられた左兵衛さまに本当に可愛がられていたとみえますね」

「うむ。そして、その恩返しに、己を棄てて主の恨みを晴らすか……」

「きっと……」

弥平次は頷いた。

「よし。柳橋の、佐助に逢ってみよう」

久蔵は決めた。

三味線堀に繋《つな》がれた屋根船は、微かな流れに小さく揺れていた。

和馬、幸吉、勇次は、屋根船に乗って岡部屋敷を見張り続けていた。

岡部屋敷は表門を閉じ、恭一郎に動きはなかった。

若い侍がやって来て、岡部屋敷の潜り戸を叩いた。

「昨夜、浪人共と連んで佐助を襲った奴です」

勇次が告げた。

若い侍は、中間の開けた潜り戸から岡部屋敷に入った。

「昨夜の騒ぎを報せに来たのかな」

和馬は読んだ。

「きっと……」

勇次は頷いた。

「で、幸吉、岡部内記は老中松平出羽守さまの家来と逢っていたのか……」

「ええ。松島頼母と云う方で、松平出羽守さまの側近だそうです」

幸吉は、駿河台の大名屋敷を調べた時、松島頼母についても探った。

「となると、岡部内記、御老中の松平出羽守さまに用があって松島に逢ったのかな」

「おそらくそうでしょうね」

幸吉は頷いた。

「和馬の旦那、兄貴……」

勇次が岡部屋敷を示した。

若い侍が、十六、七歳の若い侍と出て来た。

「野郎、岡部恭一郎ですかね」

勇次は、十六、七歳の若い侍を見詰めた。

「ああ。恭一郎に違いないだろう。漸く出て来やがったか……」

和馬は、恭一郎を睨み付けて頷いた。

恭一郎と若い侍は、岡部屋敷を出て下谷七軒町に向かった。

「よし。追うぜ」

和馬は、勇んで屋根船を降りた。

幸吉と勇次は続いた。


部屋には薬湯の匂いが漂っていた。

右肩と脇腹の傷を手当てした佐助は、眼を瞑《つむ》って仰向けに寝ていた。

久蔵は、弥平次と佐助の寝ている部屋に入った。

「やあ、佐助……」

久蔵は、佐助の枕元に座った。

佐助は、静かに眼を開けた。

「命を取り留めて何よりだ」

久蔵は微笑んだ。

「秋山さま……」

佐助は、身を起こそうとした。

「そのままで良い」

久蔵は制した。

「お言葉に甘えるんだね」

弥平次は、佐助を寝かせた。

「申し訳ありません」

「なあに、気にするな。処で佐助、昨夜お前を斬った二人の浪人、早川さんが止めた喧嘩をしていた浪人なんだな」

「秋山さま……」

佐助は、戸惑いを浮かべた。

「早川さんは、旗本岡部内記の倅の恭一郎の悪行《あくぎょう》を調べていた。それに気付いた恭一郎が早川さんを誘き出し、狂言の喧嘩に巻き込んで殺した。お前はそう睨み、恭一郎の取り巻きの浪人共《おび》が、恭一郎の狂言の喧嘩相手だと突き止めようとした」

久蔵は、己の読みを聞かせた。

「はい……」

佐助は、覚悟を決めて頷いた。

「やはりな……」

「ですが秋山さま。旦那さまは、恭一郎の悪行を調べていただけではなかったようなんです」

「他にもあるのか……」

久蔵は戸惑った。

「はい」

「それは何だ……」

「分かりません」

佐助は、悔しげに首を横に振った。

「分からない……」

「はい。旦那さまは、お前は未だ知らぬ方が良いと仰り、手前には教えてくれなかったのです」

佐助は、哀しげに目を瞑った。

早川左兵衛の探索には、未だ裏があるのだ。

それは何か……。

久蔵は眉をひそめた。

父親の岡部内記が、老中松平出羽守の側近の松島頼母と逢った事に拘わりがある……。

久蔵の勘が囁いた。

「よし。佐助、傷が癒える迄、焦らず養生するんだ。いいな」

「秋山さま……」

「安心しろ、早川さんの敵《かたき》は必ず討つ」

久蔵は、不敵に云い放った。


入谷鬼子母神裏の潰れた荒物屋は、相変わらず雨戸を閉めていた。

岡部恭一郎と若い侍は、裏口から入ったままだった。

和馬、幸吉、勇次は、雲海坊や由松と合流して物陰から見張り続けていた。

「恭一郎と若い侍。旗本の倅が二人と浪人が二人、神田明神門前町の盛り場で喧嘩をした奴らに違いありませんね」

幸吉は睨んだ。

「ああ。下手な狂言の尻尾《しっぽ》を出しやがって……」

和馬は嘲笑した。

「で、雲海坊、浪人共の名前と素性、分かったのか……」

幸吉は、雲海坊に訊いた。

「うん。木戸番に聞いたんだが、髭面が北村源之丞《きたむらげんのじょう》、痩せた方が服部伝内《はっとりでんない》だ」

「北村源之丞と服部伝内か……」

「ええ。潰れた荒物屋に勝手に住み着いた食詰め浪人で、強請り集りに辻強盗、金になれば何でもするって外道《げどう》ですよ」

由松は吐き棄てた。

「よし。勇次、此の事を秋山さまと弥平次親分に報せてくれ」

和馬は、勇次に命じた。

「承知。じゃあ、御免なすって……」

勇次は、勢い良く駆け去った。

和馬は、幸吉と雲海坊に潰れた荒物屋の裏手を見張らせ、由松と表を見張った。


「元普請奉行の岡部内記……」

目付の榊原采女正は眉をひそめた。

「はい。その岡部内記の倅の恭一郎なる者が、浪人共との喧嘩の狂言を打ち、早川さんを巻き込んで殺した奴です」

「ならば久蔵、早川殺しには父親の内記も拘わっていると申すのか……」

「昨夜、岡部内記、松島頼母と云う老中松平出羽守さま家中の者と逢ったそうです」

「岡部内記が御老中松平出羽守さま家中の者と逢った……」

榊原は、厳しさを浮かべた。

「何かお心当たりでも……」

「うむ。岡部内記、再び普請奉行の御役目に就こうと、支配の御老中の方々にかなりの運動をしていると聞いたが……」

普請奉行は、就任運動に使う金など容易に取り戻せる旨味のある役目なのだ。

「ならば岡部は、その為に松平さま側近の松島頼母と……」

「おそらくな。秘かに小判でも献上したのであろう」

榊原は、腹立たしさを滲ませた。

「そう迄してなりたい普請奉行への運動の苦労も、倅恭一郎の悪行の証拠が早川さんに押えられれば水の泡……」

「ならば久蔵。早川左兵衛殺しは、岡部内記の企てだと申すのか……」

「はい。おそらく早川さんは、倅恭一郎だけではなく、父親の内記の所業も調べ始めていたのかもしれません」

久蔵は睨んだ。

「おのれ、岡部内記……」

榊原は、怒りを滲ませた。

「秋山さま……」

榊原家の家来が廊下にやって来た。

「何か……」

久蔵は、家来に向き直った。

「只今、岡っ引の柳橋の弥平次なる者が……」

「構わぬ。庭に通せ」

榊原は命じた。

家来は、返事をして下がった。

「おそらく、早川さんを殺《あや》めた者共が動いたのでしょう」

久蔵は、榊原に告げた。

弥平次が、家来に誘われて庭先に来た。

「どうした、柳橋の……」

久蔵は、榊原に挨拶をして控えた弥平次に訊いた。

「はい。早川左兵衛さまを喧嘩に巻き込んで殺めた旗本の倅と浪人共の四人、入谷に集まっているそうにございます」

弥平次は報せた。

「よし。では、榊原さま……」

「うむ。久蔵、如何に相手が岡部内記であっても遠慮は無用ぞ」

「仰る迄もなく。容赦は致しません」

久蔵は、不敵に笑った。

岡部恭一郎と若い侍は、潰れた荒物屋に入ったままだった。

「じゃあ、中にいるのは岡部恭一郎と若い侍。それに浪人の北村源之丞と服部伝内か……」

久蔵は念を押した。

「はい。その四人です」

和馬は頷いた。

「よし。和馬は幸吉、由松、勇次と表から踏み込め。俺は柳橋や雲海坊と裏から行く」

「はい」

「みんな、容赦は要らねえ。遠慮無く叩きのめしてやるんだな」

久蔵は笑った。

「承知……」

幸吉、由松、勇次は頷いた。

「じゃあ和馬、俺たちが裏手に廻ったのを見計らって雨戸を蹴破れ」

「心得ました」

久蔵は、弥平次や雲海坊と裏手に廻った。

和馬、幸吉、由松、勇次は、それぞれの得物《えもの》を手にして潰れた荒物屋の閉められた雨戸に寄った。

「和馬の旦那……」

幸吉は、久蔵たちが裏手に廻ったと睨んだ。

「よし、行くぞ」

和馬は、着流しの尻端折《しりばしょ》りをして長い脛《すね》を振るって雨戸を蹴飛ばした。

由松と勇次が体当たりした。

雨戸は砕かれ、破られた。

和馬、由松、勇次、幸吉は、潰れた荒物屋に雪崩《なだ》れ込んだ。


「何だ……」

「誰だ……」

北村源之丞と服部伝内が、居間から店に出て来た。

「北村源之丞、服部伝内、南町奉行所だ。神妙にしろ」

和馬は怒鳴り、猛然と北村に襲い掛かった。

勇次が続いた。

幸吉と由松は、服部に殴り掛かった。

怒号があがって乱闘が始まり、潰れた荒物屋は激しく揺れた。


久蔵、弥平次、雲海坊は、裏口から薄暗い台所に踏み込んだ。

岡部恭一郎と若い侍が、居間から転がるように逃げ出して来た。

「逃がしはしねえよ」

久蔵は笑い掛けた。

「退け、退いてくれ……」

恭一郎は、悲鳴のように怒鳴って久蔵に斬り付けた。

久蔵は素早く躱し、刀を握る腕を取って鋭い投げを打った。

恭一郎は、壁に激しく叩き付けられて頭から床に崩れ落ちた。

雲海坊は、倒れた恭一郎を錫杖《しゃくじょう》で殴った。

恭一郎は気を失った。

雲海坊は、恭一郎に素早く縄を打った。

「さあ、痛い思いをしたくなかったら神妙にするんだな」

弥平次は、立ち竦んでいる若い侍に穏やかに告げた。

若い侍は、久蔵と雲海坊の凄《すさ》まじさに恐怖し、激しく震えながら刀を置いた。
弥平次は、若い侍に縄を打った。
久蔵は、居間に進んだ。

潰れた荒物屋の店から居間は、六人の男たちの闘いで修羅場と化していた。
和馬と勇次は、北村源之丞を壁際に追い詰めていた。
幸吉と由松は、逃げようとする服部伝内を捕らえようと殴り掛かっていた。
久蔵は見守った。
服部は、幸吉と由松を振り切って逃げた。
久蔵は、素早く廻り込んで服部を蹴り飛ばした。
痩せた服部は、大きく弾き飛ばされた。
由松は、石を包んだ手拭を服部の顔に叩き付けた。
服部は、鼻血を飛ばして倒れた。
幸吉は、服部に馬乗りになって十手で殴り、縄を打った。
勇次は、北村に背後から襲い掛かり、萬力鎖《まんりきぐさり》で首を絞めた。
北村は、苦しく踠《もが》きながら背後の勇次を斬ろうとした。

和馬は、十手を北村の額に真っ向から叩き付けた。

北村は、眼を剥《む》いて昏倒《こんとう》した。

勇次が素早く縄を打った。

岡部恭一郎、若い侍、北村源之丞、服部伝内はお縄になった。

「みんな、御苦労だった。和馬、こいつらを大番屋に叩き込め」

久蔵は命じた。


三味線堀の武家屋敷街に辻行燈が灯された。

久蔵は、岡部屋敷を訪れた。そして、身分を明かし、恭一郎の件で内記に逢いたいと告げた。

岡部内記は、久蔵を書院に通した。

久蔵は待たされた。

岡部内記は、総髪の武士を従えて書院にやって来た。

「その方が南町奉行所与力の秋山久蔵か……」

岡部は、立ったまま久蔵を見下ろし、居丈高に訊いて来た。

「如何にも。岡部内記さまですな」

久蔵は苦笑した。

「左様。恭一郎の件で話があるそうだな」

「はい。して、そちらは何方《どなた》ですかな」

久蔵は、総髪の武士を一瞥した。

「山岸軍兵衛《やまぎしぐんべえ》、岡部家家中の剣術指南です」

「ほう、剣術指南ですか……」

「左様、神道無念流《しんとうむねんりゅう》……」

山岸は、威嚇《いかく》するように冷笑を浮かべて久蔵を見据えた。

剣術指南と云えば聞こえは良いが、早い話が用心棒なのだ。

久蔵は、嘲《あざけ》りを浮かべた。

「何がおかしい……」

山岸は、微かな怒りを滲ませた。

「恭一郎、神道無念流を学んでいるにしては、手応《てごた》えなくお縄になったものでな」

「何、恭一郎がお縄になっただと……」

岡部は驚き、叫んだ。

「左様。徒目付組頭に罠を仕掛けて騙《だま》し討ちにした咎《とが》でな」

「あ、秋山……」

岡部は呆然とした。

「秋山どの、恭一郎さまは旗本の御子息、町奉行所のおぬしたちに……」

「左様、我らは徒党を組んでいた浪人どもを詮議するが、旗本の子弟である岡部恭一郎と加藤裕之助《かとうゆうのすけ》の身柄は、御目付に引き渡す事になる」

「目付に……」

岡部は、喉を引き攣《つ》らせた。

「如何にも。それで恭一郎にその旨を告げたら、徒目付組頭の騙し討ちのすべては、父親に命じられての事だと申し立てましてな」

久蔵は、小さな笑みを浮かべた。

「何だと……」

岡部は狼狽《うろた》えた。

「それで、恭一郎の申し立てがまことかどうか伺いに参上致した次第だが、如何ですかな」

久蔵は、岡部を見据えた。

「知らぬ。儂は何も知らぬ……」

岡部は、嗄れ声を醜《みにく》く震わせた。

「そうですか、御存知ないか。ならば、恭一郎は嘘偽りを申し立てて父親に罪科《つみとが》を擦《なす》り付ける慮外者として御目付に引き渡します。では、お邪魔致した。これにて御免……」

久蔵は、素早く書院を後にした。


三味線堀には月影が映えていた。

久蔵は、岡部屋敷を出て三味線堀の堀端を神田川に向かった。

何者かが追って来る気配がした。

やはり来たか……。

久蔵は苦笑し、振り返った。

追って来た者は、暗がりに立ち止まった。

「俺に何か用かい……」

久蔵は、笑みを含んだ声で呼び掛けた。

総髪の武士、山岸軍兵衛が暗がりから出て来た。
「やはり、お前さんか……」
久蔵は苦笑した。
山岸は、久蔵を見据えて刀の鯉口《こいぐち》を切った。
「ほう。主の岡部内記の悪行を糊塗《こと》する為に、俺を斬るか、とんだ忠義者だな」
久蔵は、嘲りを浮かべた。
山岸は、沈黙したまま滑るように久蔵に迫り、抜き打ちの一刀を放った。
久蔵は、大きく跳び退いて躱した。
山岸は追い、上段からの二の太刀を放った。
久蔵は、鋭く踏み込み、刀を横薙《よこな》ぎに閃かせながら交差した。
二人の刀が瞬《またた》いた。
久蔵と山岸は、交差したまま凍《い》て付いた。
三味線堀の堀端を打つ流れの音が、小さく鳴っていた。
久蔵は、残心の構えを取った。
その刀の鋒《きつさき》から血が滴《したた》り落ちた。
山岸は、脇腹から血を流しながら横倒しになった。

久蔵は、残心の構えを解いて刀に拭いを掛けた。

俺の心形刀流《しんぎょうとうりゅう》が僅かに勝った……。

久蔵は、眼を瞠って絶命している山岸軍兵衛を冷徹に見下ろした。

山岸軍兵衛は、主岡部内記の為に斬り死にした。

如何に愚か者でも主は主だ。

忠義者か……。

久蔵は、佐助を思い浮かべていた。


徒目付組頭早川左兵衛騙し討ちの探索は終わった。

旗本の倅の岡部恭一郎と加藤裕之助は、数々の悪行を働いたとして評定所から切腹を命じられた。そして、父親の岡部内記は家中取締り不行届きで切腹、岡部家は家名断絶とされた。

そうした仕置には、早川左兵衛を殺された目付の榊原采女正の怒りがあった。

久蔵は、金で雇われた浪人の北村源之丞と服部伝内を斬首の刑に処した。

一件は隠密裏に始末された。

佐助の右肩と脇腹の傷は癒えた。

久蔵は、早川左兵衛を騙し討ちにした岡部父子と浪人たちの始末を教えた。

佐助は、泣いて久蔵たちに深く感謝した。

「それで佐助、これからどうする」

「えっ……」

「もし、早川家に帰参したければ、俺が口を利いても良いが……」

「秋山さま……」

佐助は戸惑った。

「佐助は早川左兵衛殺しの真相を探り、騙し討ちの絡繰《からく》りを暴き、主の無念と恨みを晴らした忠義者だとな」

久蔵は微笑んだ。

「そ、そのような……」

佐助は狼狽えた。

「どうする佐助……」

「秋山さま、手前は旦那さまの忘れ形見の若様にお仕えしたいと思います」

佐助は告げた。

「そうか。左兵衛どのの忘れ形見に仕えたいか……」

「はい。叶うものなら……」

佐助は頷いた。

「分かった、佐助。早川家に確《しか》と伝える。お前の忠義を……」

久蔵は笑った。


端午の節句は終わった。

第二話

夕涼み

一

水無月《みなづき》——六月。

水無月の他に季夏《きか》、風待月《かぜまちづき》、常夏月《とこなつづき》とも称され、町には水売りや金魚売りが涼しげな売り声をあげていた。

暑い一日が終わった。

夕暮れ時、神田川沿いの家並みに明りが灯され始めた。

神田佐久間町二丁目にある袋物問屋『菊屋《きくや》』は、主の安次郎《やすじろう》と番頭たち奉公人が店仕舞いをし始めていた。そして、内儀《おかみ》のおそのは女中たちと夕餉《ゆうげ》の仕度に忙しかった。

袋物問屋とは、煙草《たばこ》入れ、紙入れ、巾着《きんちゃく》などの袋物を扱う店だ。

豚の蚊《か》遣りからは、紫煙が揺れながら立ち昇っていた。

『菊屋』の隠居の庄兵衛《しょうべえ》は、五歳になる孫娘のおふみと店の表の神田川の川端に出した縁台で夕涼みをしていた。

神田川には、船行燈を灯した船が行き交っていた。

庄兵衛とおふみは、団扇《うちわ》で蚊を追い払いながら船の行き交う夕暮れの神田川を眺めていた。

猪牙舟《ちょきぶね》は舳先《へさき》に船行燈を灯し、櫓《ろ》を軋《きし》ませながら大川からやって来た。

庄兵衛は、猪牙舟を眺めた。

猪牙舟の舳先には、月代《さかやき》を伸ばした渡世人のような男が乗っていた。

庄兵衛は眺めた。

渡世人のような男は、庄兵衛の視線を感じたのか顔を向けた。

庄兵衛と眼が合った。

次の瞬間、渡世人のような男は、素早く顔を背けた。

文七《ぶんしち》……。

庄兵衛は、思わず縁台から立ち上がって渡世人を見た。

猪牙舟は、顔を背けた渡世人のような男を乗せて通り過ぎて行く。

庄兵衛は、思わず追い掛けようとした。

「おじいちゃん……」

孫娘のおふみは、庄兵衛の着物の袖を小さな手で摑み、怪訝《けげん》に見上げた。

庄兵衛は、渡世人のような男の乗った猪牙舟を追うのを思い止まった。

渡世人のような男を乗せた猪牙舟は、和泉橋《いずみばし》を潜って行った。

庄兵衛は、呆然と見送った。

「お父っつぁん、夕餉の仕度が出来ましたよ」

内儀のおそのが、袋物問屋『菊屋』から出て来た。

おそのは、庄兵衛の一人娘であり、当主の安次郎は入り婿《むこ》だった。

「うん……」

庄兵衛は、猪牙舟が消え去った夕闇の神田川を見詰めながら頷いた。

「さあ、おふみ、夕御飯ですよ」

「うん」

おふみは、母親のおそのに抱き付いた。

おそのはおふみを抱き、豚の蚊遣りを持って『菊屋』の裏口に向かった。

庄兵衛は続いた。

あれは文七だ……。

庄兵衛は、素早く顔を背けた渡世人のような男の顔を思い浮かべていた。

「う、うん……」

大川は煌めいていた。

庄兵衛は、窓から見える大川を眼を細めて眩しげに眺めていた。

「お待たせ致しました」

船宿『笹舟』の主の弥平次が、庄兵衛の待っている座敷に入って来た。

「やあ。弥平次さん、御無沙汰致しました」

庄兵衛は挨拶をした。

「御無沙汰はこちらこそ。庄兵衛さんもお変わりなく……」

「お陰さまで……」

袋物問屋『菊屋』のある佐久間町二丁目と船宿『笹舟』のある柳橋、平右衛門《へいえもん》町《ちょう》は遠くはなく、弥平次と庄兵衛はお店の旦那同士として古くからの知り合いだった。そして十年前、弥平次は庄兵衛の依頼で人捜しをした事があった。

「で、今日は何か……」

弥平次は、庄兵衛に怪訝な眼を向けた。

「弥平次さん、文七が江戸にいるようなのです」

「文七さんが……」

弥平次は戸惑った。

「ええ。昨日、孫娘のおふみと神田川の川端で夕涼みをしていたら、文七が猪牙舟に乗って眼の前を……」

庄兵衛は告げた。

「庄兵衛さん、文七さんに間違いはないのですね」

「顔は勿論、私を見て素早く顔を背けた姿は文七に違いありません」

庄兵衛は云い切った。

「そうですか。倅の文七さん、江戸に戻っているのですか……」

弥平次は、十年振りとは云え、我が子の顔を見定めた庄兵衛の言葉を信じた。

袋物問屋『菊屋』の若旦那の文七は、十年前に父親庄兵衛の反対を押し切って貧乏浪人の娘と所帯を持とうとして勘当され、姿を消した。庄兵衛は悔やみ、弥平次に文七捜しを頼んだ。弥平次は、長八《ちょうはち》や寅吉《とらきち》に文七を捜させた。だが、文七は貧乏浪人の娘を伴って既に江戸から立ち去っていた。

庄兵衛は、文七が貧乏浪人の娘と所帯を持つのに反対し、勘当したのを深く後悔した。

四年後、庄兵衛は一人娘のおそのに婿を迎えた。そして二年前、婿の安次郎に袋物問屋『菊屋』を任せて隠居していた。

「ええ。それで弥平次さん、申し訳ありませんが、文七を捜しては貰えませんか……」

庄兵衛は、弥平次に縋《すが》る眼差《まなざ》しを向けた。

「文七さんを捜しますか……」

「はい。この通り、お願いします」

庄兵衛は、弥平次に両手を突いて白髪《しらが》頭を下げた。

畳に突いた両手の間に涙が滴り落ちた。

一人息子に対する過ちを認め、勘当したのを深く後悔している老父……。

弥平次は、庄兵衛を哀れんだ。

「分かりました。見付かるかどうか分かりませんが、捜してみましょう」

弥平次は引き受けた。

「ありがたい。引き受けてくださるか……」

庄兵衛は喜んだ。

「ええ。じゃあ庄兵衛さん、文七さんの様子や猪牙舟が何処から来て何処に行ったか、詳しく教えて戴きますよ」

弥平次は、岡っ引としての顔を浮かべた。

蕎麦《そば》屋『藪十《やぶじゅう》』の亭主の長八は、鋳掛《いかけ》屋の寅吉と船宿『笹舟』を訪れた。

「あら、長八おじさん、寅吉おじさん……」

お糸は、帳場から出て来て長八と寅吉を迎えた。

「やあ。お糸ちゃん、好い人、出来たかい」

寅吉は、お糸に親しげな声を掛けた。

「何云ってんの、寅吉おじさん」

「寅さん、そいつは無理だ。お糸ちゃんの後ろには、煩《うるさ》い親父がいるから虫も近寄って来ねえさ」

長八は笑った。

「そりゃあそうだな」

寅吉は、長八と声を揃えて笑った。

「さあさあ、お父っつぁんが待っていますよ」

お糸は苦笑した。

「おう。わざわざ来て貰ってすまないな」

弥平次は、長火鉢の前に座った。

「いいえ……」

長八と寅吉は、自分たちを呼んだ弥平次の腹の内を読もうとした。

長八は、既に弥平次の手先を離れて蕎麦屋を営んでおり、寅吉も鋳掛屋の店を持って手先から離れつつあった。

弥平次がそんな二人を呼んだのは、長八と寅吉が十年前の文七捜しに携わったからだった。

「実はな。佐久間町二丁目の袋物問屋の菊屋の若旦那の文七、覚えているかな」

「菊屋の若旦那の文七と云うと、確か浪人さんの娘と所帯を持つと云って旦那に反対された若旦那でしたね」

「うん……」

弥平次は頷いた。

「そして、庄兵衛の旦那に勘当され、女と江戸から姿を消したんですよね」

長八と寅吉は、十年前の事を覚えていた。

「うん。庄兵衛さんが昨日の夕暮れ時、夕涼みをしていてその文七を見掛けたそうだ」

弥平次は告げた。

「じゃあ、文七の若旦那、江戸に戻っているんですか……」

寅吉と長八は、顔を見合わせた。

「らしいんだな。で、庄兵衛さんが文七を捜してくれないかと頼んで来てな。そこで、十年前に文七を捜し、顔も知っているお前たちに捜して貰おうと思ってな。どうだい、やってくれるかな」

「で、親分、庄兵衛の旦那、文七を捜してどうするおつもりなんで……」

「そいつは分からないが、庄兵衛さん、随分と悔やんでいてな……」

弥平次は、庄兵衛への同情を滲ませた。

「そうですか、どうする長さん……」

「寅さんが良ければ……」

「じゃあ、お引き受けします」

寅吉と長八は、文七捜しを引き受けた。

「そいつはありがたい。じゃあ、こいつは商いの休み賃と探索の掛かりだ」

弥平次は、長八と寅吉に二両ずつ渡した。

「親分、こいつは多過ぎる」

「なあに、古くから働いてくれているお前たちには、少しでも楽をして貰いたくてな。幸吉にも云っておくから、必要な時には、誰でも好きに使ってくれ」

「承知しました」

長八と寅吉は頷き、弥平次から庄兵衛が文七を見掛けた時の状況を聞いた。

文七は、夕暮れ時に猪牙舟に乗って神田川を大川から和泉橋に向かって行った。

手掛かりはそれだけだ……。

長八と寅吉は、蕎麦屋『藪十』で文七を捜す手立てを思案した。

「文七、江戸に舞い戻り、実家の菊屋を覗《のぞ》きに来たのかな」

長八は、寅吉の茶を淹《い》れ替えた。

「そいつなんだが、勘当覚悟で惚《ほ》れた女と一緒になると云い張った若旦那だ。そんな未練たらしい真似はしねえと思うがな」

寅吉は読んだ。

「だったら、これから菊屋を見張っても仕方がねえか……」

「きっとな……」

寅吉は頷き、茶をすすった。

「じゃあ、女か……」

長八は眉をひそめた。

「うん。文七が惚れた女、確かおそでって名前だったと思うが、浅草今戸橋《いまどばし》の傍の長屋で浪人のお父っつぁんと二人暮らしだったな」

当時、寅吉と長八は、十年前に文七を捜して惚れた女のおそでの家を訪れていた。

「ああ。で、浅草寺《せんそうじ》の境内の茶店に奉公していて文七と知り合った筈《はず》だ」

「よし。じゃあ、先《ま》ずはおそでの家に行ってみるか……」

寅吉は、茶を飲み干した。

「うん。文七はともかく、おそでは実家に顔を出しているかもしれねえからな」

おそでに訊けば、文七の居場所は割れる筈だ。

長八は乗った。

弥平次は、伝八や勇次たち船宿『笹舟』の船頭を船着場に呼び、仕事の合間に文七を乗せた猪牙舟と船頭を捜すように頼んだ。

伝八と勇次たち船頭は、返事をして仕事に戻った。

「何かあったのかい……」

塗笠を被った秋山久蔵が、着流し姿で船着場に佇んでいた。

「こりゃあ、秋山さま……」

「忙しそうだな……」

「いえ。ちょいと人捜しをする事になりましてね」

弥平次は苦笑した。

「人捜し……」

久蔵は眉をひそめた。

「ええ。ま、どうぞ……」

弥平次は、久蔵を船宿『笹舟』に誘った。

「ほう。十年前に父親に勘当されて江戸から出て行った男が舞い戻ったのか……」

久蔵は、弥平次から袋物問屋『菊屋』の若旦那文七の一件を聞いた。

「ええ。それで父親が捜してくれと云って来ましてね……」

「捜してやる事にしたのか……」

「はい。十年前にも若旦那を捜した長八と寅吉に頼みましたよ」

「ほう。長八と寅吉か……」

「はい」

「無事に見付かると良いな。もし、何かあったら直ぐに報せてくれ」

「忝のうございます」

「そうか。長八と寅吉が久々に働くか……」

久蔵は、長八や寅吉との長い付き合いを思い出していた。


隅田川には様々な船が行き交っていた。

長八と寅吉は、隅田川沿いの道を浅草今戸町に向かった。

隅田川に流れ込む山谷堀《さんやぼり》に架かる今戸橋を渡ると、浅草今戸町だ。

長八と寅吉は、今戸橋を渡って今戸町に入った。

今戸町の裏通り、山谷堀沿いに堀端長屋はあった。

堀端長屋は古く、貧しい者たちが暮らしていた。

袋物問屋『菊屋』の若旦那の文七は、堀端長屋に住む浪人の黒崎嘉門《くろさきかもん》の一人娘のおそでに惚れた。

当時、おそでは金龍山《きんりゅうざん》浅草寺境内の茶店で働いていた。文七は、おそでに一目惚れをした。そして、一目惚れは相惚れとなり、言い交わす仲になった。

黒崎嘉門は、一人娘おそでが文七と一緒になるのを許した。だが、文七は勘当され、おそでと江戸を立ち去った。

黒崎嘉門は黙って見送った。

それから十年が過ぎた。

長八と寅吉は、堀端長屋の木戸の陰から様子を窺った。

堀端長屋の井戸端に人影はなく、赤ん坊の泣き声が響いていた。

「よし。寅さんは見張ってくれ。俺は大家さんに黒崎嘉門が未だいるかどうか訊いてくる」

長八は告げた。

「承知……」

寅吉は笑った。

「どうしたんだい」

長八は戸惑った。

「何だか若い頃に戻ったような気がして、楽しくなっちまった」

「そうか……」

長八は苦笑した。

「ああ……」

「そいつは良いが、油断するんじゃあねえぜ」

長八は、寅吉を残して大家の家に走った。

寅吉は、堀端長屋を見張った。

赤ん坊の泣き声は続いた。


「黒崎嘉門の旦那ですか……」

堀端長屋の大家の徳兵衛《とくべえ》は、戸惑いを浮かべた。

「ええ。未だ堀端長屋においでになるんですかい」

長八は尋ねた。

「ええ。おいでになりますが、何か……」

徳兵衛は、長八に探る眼差しを向けた。

「いえ。昔、お世話になりましてね、ちょいと通り掛かったもので……」

「そうですか……」

「で、黒崎の旦那、お変わりなく……」

「ま、歳は取りましたが、足腰はしっかりしたもんでしてね。花見の時、酔っ払って暴れた浪人を黙らせていましたよ」

「へえ、そうですか……」

長八は感心した。

寅吉は、堀端長屋を見張っていた。

「変わりはないか……」

長八が、大家の家から戻って来た。

「ああ。で、どうだった」

「黒崎嘉門さん、十年前と同じ奥の家で一人暮らしを続けているそうだぜ」

「一人暮らしか、大変だな。で、娘のおそでが帰って来たかどうかは……」

「そいつが、大家は分からないそうだ」

「ま、大家は家も離れているし、長屋のおかみさん連中に訊くのが一番だな」

「寅さん……」

長八は奥の家を示し、寅吉と木戸の陰に隠れた。

奥の家の腰高障子が開き、軽衫袴《かるさんばかま》に脇差の白髪頭の老武士が出て来た。

黒崎嘉門……。

長八と寅吉は、白髪頭の老武士を黒崎嘉門だと見定めた。

黒かった髪は白くなり、老《ふ》けた……。

長八と寅吉は、黒崎嘉門を見守った。

黒崎嘉門は、塗笠を目深に被って堀端長屋を出た。

「よし、俺が後を追う。長さんは長屋のおかみさん連中に聞き込みをな」

「承知、気を付けてな」

長八は頷いた。

「云われる迄もねえ。じゃあな……」

寅吉は、長八を残して黒崎嘉門を追った。

黒崎嘉門は、今戸町を出て下谷に向かった。

寅吉は追った。

黒崎は、落ちていた竹の棒を拾って杖代わりにし、ゆったりとした足取りで進んだ。

何処に行くのか……。

寅吉は、慎重に尾行た。

下谷広小路に出た黒崎は、大川に架かっている吾妻橋《あづまばし》を渡って本所《ほんじょ》に出た。そして、本所竪川《たてかわ》に向かった。


本所竪川には、荷船の船頭の歌う唄が響いていた。

黒崎は、竪川に架かる二つ目之橋の袂《たもと》に立ち止まり、相生町《あいおいちょう》五丁目にある腰高障子を開け放った店を見詰めた。

腰高障子の開け放たれた店の広い土間には三下が屯《たむろ》し、丸に辰の一文字が書かれた提灯が長押《なげし》に並んでいた。

博奕打ちの貸元の店か……。

寅吉は眉をひそめた。

黒崎は、腰高障子の開け放たれた店に向かった。

何をする気だ……。

寅吉は緊張した。

二

黒崎嘉門は、竹の棒を杖にして博奕打ちの貸元の家の土間に入った。

「邪魔をする」

「なんだい、爺さん……」

三下は、白髪頭で竹の棒を杖にした黒崎を侮《あなど》った。

「うむ。貸元の辰吉《たつきち》はいるかな」

黒崎は笑い掛けた。

「爺さん、うちの貸元に何の用だ」

三下は、貸元の辰吉を呼び棄てにした年寄りの黒崎に凄んだ。

「うん。借金をな、返して貰いに来た」

黒崎は、懐から古びた借用証文を出した。

「この通り、辰吉の書いた借用証文はある」

「見せろ」

三下は、借用証文に手を伸ばした。

刹那、黒崎は竹の棒を僅かに動かした。

短い音が鳴った。

竹の棒は、借用証文に伸ばした三下の手の甲を鋭く打ち据えた。

三下は悲鳴をあげ、打ち据えられた手を押えて蹲《うずくま》った。

「爺い……」

他の三下たちが熱《いき》り立った。

「どうした」

兄貴分の博奕打ちが、恰幅の良い貸元の辰吉と奥から出て来た。

「やあ。お前さんが貸元の辰吉か……」

黒崎は、框に立っている恰幅の良い辰吉を見上げた。

「そうだが、爺さん、お前さんはなんだい」

「うん。昔、お前さんが呉服屋から借りた十両を取り立てに来た」

「呉服屋から借りた十両だと……」

辰吉は戸惑った。

「左様、この通り、お前さんの爪印を押した借用証文もあるぞ」

黒崎は、辰吉に借用証文を見せた。

「俺の爪印を押した借用証文だと……」

辰吉は戸惑った。

「うむ。お前さんが強請り集りじゃあない証拠にと、借用証文を書いて渡した浅知恵が命取りだ。さあ、辰吉、十両、返して貰おうか」

黒崎は、辰吉を笑みを浮かべて見据えた。

辰吉は、思わぬ借金取りに狼狽えた。

「爺い、うちの貸元に因縁を付けるとは、良い度胸じゃあねえか……」

博奕打ちは、框の上から黒崎に摑み掛かろうとした。

次の瞬間、黒崎は博奕打ちの下腹を竹の棒の握り手で鋭く突いた。

博奕打ちは下腹を押えて蹲り、脂汗を浮かべて悶絶した。

「糞《くそ》爺い……」

三下たちは驚き、血相を変えて黒崎に襲い掛かった。

黒崎は、竹の棒を目にも留まらぬ早業で動かした。

竹の棒が骨を打つ音が短く鳴った。

三下たちは、手首や向《むこ》う臑《ずね》を打ち据えられて蹲った。

辰吉は怯んだ。

「辰吉、借金の十両、返して貰おうか……」

黒崎は、竹の棒の先を辰吉の喉元に突き付けて框にあがった。

「か、返す。十両、返す……」

辰吉は、顔を恐怖に激しく歪めて頷いた。

「うむ。それで良い……」

黒崎は、老顔を綻ばせた。


凄い遣い手だ……。

寅吉は、黒崎の剣の腕に驚いた。

穏やかな年寄り……。

寅吉は、黒崎嘉門をそう見ていた。しかし、黒崎は思わぬ力を秘めていた。

人は見掛けだけでは分からない……。

寅吉は、黒崎を見直した。

黒崎は、博奕打ちの貸元の辰吉から十両の借金を取り立てた。そして、竪川沿いの道を大川に向かった。

次は何処に何しに行くのだ……。

寅吉は、黒崎嘉門に新たな興味を抱いて追った。


堀端長屋は午後の静けさに覆われていた。

長八は、黒崎嘉門の家の中の様子を窺った。

家の中に人の気配は窺えなかった。

娘のおそではいないのか……。

長八は、見定める為に腰高障子を叩いて呼び掛けた。

「黒崎さま、黒崎さま……」

長八は、重ねて呼び掛けた。だが、やはり返事はなかった。

娘のおそでは勿論、誰もいない……。

長八は見定めた。

「あら、黒崎の旦那、留守なのかい……」

中年のおかみさんが、井戸端に出て来た。

「ええ。どちらにお出掛けか、御存知ですかい……」

長八は、腰を低くして尋ねた。

「さあねえ。黒崎の旦那に御用なんですか」

「いえね。知り合いがおそでさんを見掛けたってんで、来てみたんですが……」

長八は鎌を掛けた。

「あら、おそでちゃん、江戸に戻って来ているのですか……」

中年のおかみさんは驚いた。

「じゃあ、父親の黒崎さんの処には……」

「来ていないって云うか、見掛けちゃあいませんよ」

中年のおかみさんは、戸惑いを浮かべた。

「そうですかい……」

娘のおそでは、父親の黒崎嘉門の住む堀端長屋には帰って来ていない。

長八は知った。

だからと云って、おそでが文七と一緒に江戸に帰って来ていない訳ではないのだ。

「じゃあ、やっぱりおそでさんに似た女《ひと》だったのかな」

「きっとそうですよ。おそでさんが江戸に帰って来たら、いの一番に黒崎の旦那の処に来る筈だからねえ」

「ええ……」

長八は、中年のおかみさんに調子を合わせて頷いた。

「おそでちゃんの幸せだけを願って、勘当された若旦那と一緒になるのを許したんですからねえ。黒崎の旦那……」

中年のおかみさんは、十年前の事を懐かしそうに告げた。

長八は、黒崎嘉門の親心を知った。

百姓が野菜を売りに来た。

潮時だ……。

長八は、聞き込みを終える時だと気付いた。

「ええ。じゃあおかみさん、黒崎さんに余計な気を遣わせたくないので、あっしの事は内緒にしておいて下さい」

長八は、中年のおかみさんに素早く小粒を握らせた。

「あら、ま。そうだね、黒崎の旦那に余計な心配を掛けない方がいいものね」

中年のおかみさんは、小粒を握り締めて頷いた。

「じゃあ、宜しくお願いしますよ」

長八は、中年のおかみさんに微笑み掛けて堀端長屋を後にした。

両国広小路は見世物小屋や露店が並び、大勢の人で賑わっていた。
黒崎嘉門は両国橋を降り、広小路の雑踏を横切って米沢町《よねざわちょう》に進んだ。
寅吉は尾行た。
黒崎は、米沢町にある薬種問屋に入った。
薬を買うのか……。
寅吉は戸惑い、薬種問屋の日除《ひよけ》暖簾の陰から店内を窺った。
黒崎は、帳場の框に腰掛け、番頭に何事かを告げていた。
番頭は頷き、帳場の奥に入って行った。
小僧が黒崎に茶を運んだ。
黒崎は礼を述べ、穏やかな面持ちで茶を飲んだ。
寅吉は見守った。
番頭が、盆に載せた干した高麗人参《こうらいにんじん》を持って戻って来た。
黒崎は、干した高麗人参を手に取って見始めた。
高麗人参……。
寅吉は、黒崎が高麗人参を買おうとしているのを知った。
高麗人参は朝鮮人参とも云い、滋養強壮の薬として名高い。

黒崎は、頷いて高麗人参を盆に戻した。
番頭は礼を云い、干した高麗人参を紙袋に入れて包んだ。
黒崎は、高麗人参を買い求めて薬種問屋を出た。

黒崎嘉門が、高麗人参を煎じて飲むとは思えない。
寅吉は、確かな足取りで行く黒崎を追った。
黒崎の身辺には病人がいる……。
寅吉は睨んだ。
黒崎は、神田川沿いの柳原通り《やなぎわらどお》りに向かった。
寅吉は追った。
黒崎嘉門は、高麗人参を買って何処に行くのか……。
そして、高麗人参を飲む病人は何処の誰なのか……。
寅吉は、黒崎を慎重に尾行した。
柳原通りを行き交う人は、その影を長く伸ばしていた。
山谷堀には夕陽が映え、新吉原に行く客を乗せた船が行き交っていた。

長八は、今戸橋の袂にある一膳飯屋で腹拵《はらごしら》えをした。

一膳飯屋から堀端長屋の入口が見通せた。

長八は、堀端長屋の入口を窺いながら飯を食べ、茶をすすった。

「おう……」

一膳飯屋の老亭主は、土瓶《どびん》の出涸《でが》し茶を長八の湯呑茶碗に注ぎ足した。

「すまないね」

「なあに、出涸しだ。堀端長屋に何か用があるのかい……」

老亭主は、長八が堀端長屋を窺っているのに気が付いていた。

気付かれていた……。

長八は、思わず苦笑した。

腕が落ちたか……。

長八は、手先を外れてかなりの時が経っているのを思い知らされた。

「まあな。どうだい、近頃、堀端長屋に月代を伸ばした渡世人が来なかったかな」

長八は尋ねた。

「月代を伸ばした渡世人かい……」

「うん。見掛けなかったかな」

「月代を伸ばしていたかどうかは、三度笠を被っていたんで良く分からねえが、渡世人なら見掛けた覚えがあるぜ」

「見掛けた……」

長八は、思わず身を乗り出した。

「ああ、三度笠に縞《しま》の合羽《かっぱ》の旅の渡世人が、店仕舞いをしている時、堀端長屋に入って行ったよ」

「三度笠に縞の合羽の旅の渡世人が……」

旅の渡世人は、おそでと江戸から出て行った文七なのかもしれない。もし、文七ならば、袋物問屋『菊屋』の隠居の庄兵衛の見た渡世人は文七に間違いないのだ。

「で、堀端長屋の何処の家に行ったかは……」

「そこ迄は分からねえ」

老亭主は苦笑した。

「そうか。で、その時、渡世人は一人だったんだな」

「ああ……」

老亭主は頷いた。

おそでは一緒じゃあない……。

黒崎嘉門に逢いたいのは、文七より一人娘のおそでの筈だ。だが、おそでは訪れてはいないようだ。

何故だ……。

長八に疑念が湧いた。

「で、そいつはいつ頃の話かな」

「そうなあ、十日ぐらい前だったかな……」

老亭主は首を捻った。

「十日ぐらい前ねえ……」

長八は眉をひそめた。


夕暮れ時、下谷広小路は家路に向かう人々で賑わっていた。

黒崎嘉門は、広小路の雑踏から不意に上野北大門町《きただいもんちょう》の路地に入った。

寅吉は路地に走った。

路地には誰もいなかった。

寅吉は、慌《あわ》てて路地の奥に走った。しかし、黒崎の姿は何処にもなかった。

撒《ま》かれた……。

尾行は失敗したのだ。

寅吉は、思わず吐息を洩らした。

黒崎は、寅吉の尾行に気が付いていたのだ。

何処から気が付かれていたのか……。

寅吉は、想いを巡らせた。だが、何処で気が付かれていようと、最終的な行き先を見届けられなかった限り、尾行は失敗なのだ。

いずれにしろ、この近くなのだ……。

寅吉は、黒崎の行き先をそう読み、浅草今戸町の堀端長屋に戻る事にした。


日が暮れた。

南町奉行所定町廻り同心の神崎和馬は、その日の市中見廻りを終えて下っ引の幸吉と帰路についた。そして、御徒町《おかちまち》の通りを抜けて神田川に架かる和泉橋の袂に出た。

「じゃあ幸吉、今日は此迄だ」

和馬は立ち止まった。

「和馬の旦那……」

幸吉は戸惑った。

「俺は奉行所に寄らず、真っ直ぐ八丁堀に帰る。お前も此処から笹舟に帰りな」

「いいんですかい」

「ああ。偶《たま》には早く帰るんだな」

和馬は、笑顔で幸吉を労《ねぎら》った。

「は、はい……」

「じゃあな……」

和馬は、和泉橋を渡って行った。

「お疲れさまでした」

幸吉は見送った。そして、神田川沿いの道を柳橋に向かった。

佐久間町二丁目に連なる店は、既に大戸を閉めていた。

幸吉は、人通りの少ない道を柳橋に進んだ。

行く手に二人の人影が見えた。

何だ……。

幸吉は、暗がりに潜んで二人の人影を見守った。

二人の人影は浪人と半纏《はんてん》を着た町方の男であり、大戸を閉めた店を窺っていた。

店は、袋物問屋の『菊屋』だった。

浪人と半纏を着た男は、袋物問屋『菊屋』を窺っている。

幸吉は見定めた。

盗人か……。

幸吉は緊張した。

浪人と半纏を着た男は、不意に物陰に潜んだ。

どうした……。

袋物問屋『菊屋』の裏手から、中年の下男が出て来て神田川沿いの道を筋違御門《すじかいごもん》に向かった。

浪人と半纏を着た男は、物陰から現れて中年の下男を追った。

どうする……。

幸吉は迷った。だが、迷いは短く、幸吉は中年の下男を追った浪人と半纏を着た男に続いた。

山谷堀には、新吉原に行く船の明りが揺れていた。

堀端長屋の家々には明りが灯され、子供たちの楽しげな笑い声が洩れていた。

だが唯一軒《ただ》、奥にある黒崎嘉門の家だけは暗かった。

長八と寅吉は、木戸から見張り続けていた。

「戻らないな、黒崎さん……」

「俺が尾行ていたのに気付き、身を隠しちまったのかもしれねえ」

寅吉は悔やんだ。

「で、黒崎さん、本所の博奕打ちの辰吉の借金を取り立て、両国で高麗人参を買って下谷広小路迄来たんだな」

「ああ。下谷広小路には俺を撒く為に行ったのかもしれない」

寅吉は、悔しさを滲ませた。

「うん……」

長八は頷いた。

「何処に行っちまったのかな、黒崎さん……」

「おそらく文七の処だろうな」

長八は読んだ。

「文七、此処に来ているのか……」

「ああ。三度笠に縞の合羽の旅の渡世人が来ている。おそらく、そいつが文七だ」

「そうか。じゃあ黒崎さん、娘のおそでと文七の処に行ったのか……」

「きっとな……」

長八は睨んだ。

「それから長さん、おそでは患っているのかもしれないぜ」

寅吉は眉をひそめた。

「おそでが患っている……」

長八は戸惑った。

「うん。黒崎さんが買った高麗人参だが、黒崎さんは達者だし、文七も寝込んじゃあいないとなると……」

「煎じて飲むのは、おそでしかいないか……」

「ああ。違うかな……」

「いいや……」

おそでは、病で寝込んでいるので堀端長屋に現れていないのかもしれない。

長八は読んだ。

山谷堀に架かる今戸橋に人影が揺れた。

「寅さん……」

長八は、寅吉を促して物陰に隠れた。

人影は、落ち着いた足取りで堀端長屋に進んだ。

「あの足取り、黒崎さんだ」

寅吉は、堀端長屋に進む人影が黒崎嘉門だと気が付いた。

黒崎は、落ち着いた足取りで堀端長屋に進み、奥の家に入った。

寅吉と長八は見届けた。

「帰って来たか……」

「ああ……」

長八と寅吉は、緊張した面持ちで黒崎の家を見詰めた。

黒崎の家に明りが灯された。

神田明神門前町の盛り場の居酒屋は、雑多な客で賑わっていた。

袋物問屋『菊屋』の中年の下男は、居酒屋で四半刻ほど酒を飲み、来た道を戻り始めた。

浪人と半纏を着た男は、中年の下男に駆け寄って何事かを尋ねた。

中年の下男は答えた。

浪人と半纏を着た男は、厳しい面持ちで尚も問い質《ただ》した。

中年の下男は、怯《おび》えた面持ちで首を横に振り、何事かを答えた。

浪人と半纏を着た男は、中年の下男を脅し付けて解き放した。

中年の下男は、足早にその場を離れた。

浪人と半纏を着た男は、嘲笑を浮かべて見送り、神田川に架かる昌平橋に向かった。

幸吉は、浪人と半纏を着た男を追った。

三

神田川に架かる昌平橋を渡ると、八ッ小路の暗がりが広がっている。

八ッ小路の暗がりの奥には、神田須田町《すだちょう》と大名屋敷の明りが浮かんでいた。

浪人と半纏を着た男は、八ッ小路を抜けて連雀町《れんじやくちよう》から多町《たちよう》、土物店《つちものだな》を通って鎌倉町に出た。

外濠《そとぼり》、鎌倉河岸の流れには、月影が揺れていた。

浪人と半纏を着た男は、鎌倉河岸にある古い人足宿に入った。

幸吉は見届けた。

浪人と半纏を着た男は、袋物問屋『菊屋』の様子を窺い、中年の下男に厳しい面持ちで何事かを問い質した。

袋物問屋『菊屋』を探っている……。

幸吉は、浪人と半纏を着た男の動きをそう睨んだ。

盗賊なのか……。

浪人と半纏を着た男は盗賊であり、押し込みの下調べをしているのかもしれない。

幸吉は、微かな緊張を覚えた。

外濠の緩やかな流れは、鎌倉河岸に小さな波を寄せていた。

行燈の火は微かな音を鳴らした。

「浪人と半纏を着た男……」

弥平次は眉をひそめた。

「はい……」

幸吉は頷いた。

「そいつらが、袋物問屋の菊屋を探っているって云うのか……」

「ええ。何を探っているのかは、明日にでも菊屋の下男に訊いてみますが、盗賊かもしれません」

幸吉は、厳しさを滲ませた。

「幸吉、お前には未だ話していなかったが、今朝方、菊屋の御隠居が来てな……」

「菊屋の御隠居さんが……」

幸吉は戸惑った。

「うむ……」

弥平次は、菊屋の隠居の庄兵衛に十年前に勘当した一人息子の文七を捜してくれと頼まれた事を告げた。

「で、十年前にも文七を捜し、顔も知っている長八と寅吉に捜して貰っている」

「そうでしたか。じゃあ、あの浪人と半纏を着た野郎、盗賊と云うより、文七と拘わりのある者たちかもしれませんか……」

幸吉は読んだ。

「きっとな……」

弥平次は頷いた。

「どうします」

「うむ。文七を捜すだけなら長八と寅吉だけで充分だろうが、得体の知れない浪人と半纏を着た男が絡んでいるとなると、そうもいかないかもしれないな」

弥平次は眉をひそめた。

「ええ……」

「よし。幸吉、雲海坊と由松の三人で浪人と半纏を着た野郎、それに鎌倉河岸の人足宿を調べてくれ」

弥平次は命じた。

「承知しました」

幸吉は頷いた。

行燈の明りは瞬いた。

亥《い》の刻四つ（午後十時）が過ぎ、新吉原の大門は閉まり、山谷堀を行き交う船は減った。

長八と寅吉は、交代で堀端長屋を見張った。

黒崎嘉門は、文七おそでと何処かで逢って来た。だとしたら、文七が黒崎の家を訪れはしない筈だ。だが、黒崎が文七とおそでの許に再び行くかもしれない。

今はそれに賭けるしかない……。

長八と寅吉は、黒崎が動くのを見張った。

夜廻りの木戸番が、拍子木の甲高《かんだか》い音を響かせながら通り過ぎて行った。

朝。

神田川に荷船が行き交い、連なる店は開店の仕度を始めていた。

幸吉は、袋物問屋『菊屋』を眺めた。

袋物問屋『菊屋』は、中年の下男や小僧たちが表の掃除を始めた。

幸吉は、掃除をする中年の下男に声を掛けた。

中年の下男は、掃除の手を止めて怪訝に幸吉を見た。

「やあ……」

幸吉は、懐の十手を僅かに見せた。

「な、何か……」

中年の下男は、満面に緊張を浮かべた。

「昨夜、飲み屋の帰りに浪人と半纏を着た野郎に何を訊かれたんですかい」

幸吉は、中年の下男を見据えた。

「えっ……」

中年の下男は狼狽えた。

「菊屋さん、確か夜中にこっそり酒を飲みに行くのは法度《はっと》じゃあなかったかな」

幸吉は笑った。

「若旦那が、文七の若旦那さまが菊屋に帰って来ちゃあいないかと……」

中年の下男は、慌てて嗄れ声を震わせた。

「若旦那の文七を捜しているのか……」

浪人と半纏を着た男は、やはり文七と拘わりがあったのだ。

「はい……」

中年の下男は頷いた。

「で……」

幸吉は、話の先を促した。

「若旦那さまなんか、帰って来ちゃあいないと……」

「そうですかい。処でお前さん、若旦那の文七さんを知っているのかい……」

「いえ。手前が奉公したときには、若旦那さまはおいでになりませんでしたので……」

中年の下男は、文七が勘当された後に雇われていた。

「お前さん、名前は……」

「梅吉《うめきち》……」

「梅吉さん、これからは夜、酒を飲みに行かない方がいいし、余計な事も云わない方がいいですぜ」

「はい……」

梅吉は、声を震わせて頷いた。

幸吉は笑った。

「おう。幸吉っつぁん……」

托鉢坊主の雲海坊としゃぼん玉売りの由松がやって来た。

鎌倉河岸には荷船が着き、人足たちが忙しく荷下ろしをしていた。

幸吉は、由松と古い人足宿の見張りに就いていた。

雲海坊が、聞き込みから戻って来た。

「どうだった……」

「人足宿の屋号は寿屋《ことぶきや》、主は善造《ぜんぞう》。随分昔から人足宿をやっていて、今迄に面倒を起こした事は余りないそうだ」

雲海坊は告げた。

「じゃあ、真っ当な人足宿ですかい……」

「由松、面倒を起こさないから真っ当とは限らねえ。巧妙に立ち廻っているのかもしれないぜ」

雲海坊は苦笑した。

「もし、そうだったら、主の善造、かなり狡猾《こうかつ》な悪党ですね」

由松は眉をひそめた。

「ああ。雲海坊、引き続き寿屋と主の善造を探ってくれ」

「承知……」

雲海坊は頷いた。

「幸吉の兄貴……」

由松は、人足宿『寿屋』から出て来た浪人と半纏を着た男を示した。

「ああ、野郎共だ……」

幸吉は、浪人と半纏を着た男を見据えた。

浪人と半纏を着た男は、人足宿『寿屋』を出て神田八ッ小路に向かった。

「じゃあな、雲海坊……」

「おう……」

幸吉と由松は、雲海坊を残して浪人と半纏を着た男を追った。

路地から菅笠《すげがさ》を被った人足が現れ、浪人と半纏を着た男の後ろを進んだ。

「由松……」

幸吉は戸惑った。

「ええ。あの人足、浪人と半纏を着た野郎を尾行ていますぜ」

由松は眉をひそめた。

菅笠を被った人足は、浪人と半纏を着た男を尾行ているのだ。

幸吉と由松は、浪人と半纏を着た男を尾行る菅笠を被った人足を追った。

おかみさんたちの洗濯も終わり、堀端長屋には静寂が訪れた。

長八と寅吉は見張り続けた。

黒崎嘉門が、家から出て来て井戸端で顔を洗った。そして、前日と同じように脇差だけを腰に差して出掛けた。

「よし。俺が先に行くぜ」

長八は、黒崎が寅吉の顔を見定めているのを恐れた。

「頼む……」

寅吉は頷いた。

黒崎は、落ち着いた足取りで浅草広小路に向かった。

長八は、尾行を開始した。

寅吉は、黒崎を尾行る長八に距離を取って続いた。

黒崎は、浅草広小路の鰻屋《うなぎや》で鰻の蒲焼《かばや》きを買い、入谷に向かった。

鰻の蒲焼きは、精の付く食べ物だ。

病のおそでに持って行くのかもしれない……。

長八は睨んだ。

黒崎は、鰻の蒲焼きの包みを持って寺町の間の往来を進んだ。

長八は尾行た。

黒崎は、東叡山寛永寺《とうえいざんかんえいじ》の東側、奥州街道裏道との三叉路《さんさろ》に出た。

北に曲がれば入谷から千住に向かい、南に進めば下谷広小路だ。

黒崎はどちらに行くのか……。

長八がそう思った時、黒崎が立ち止まって振り返った。

隠れる暇はない……。

長八は、躊躇《ためら》わずに進むしかなかった。

黒崎は、長八が尾行者かどうか見定めようとしている。

長八は進んだ。

黒崎は、長八を見詰めた。

長八は、見詰める黒崎に僅かに頭を下げて追い越し、三叉路を南に曲がって下谷広小路に向かった。

黒崎は長八を見送って歩き出し、北に曲がって入谷に進んだ。

長八は、黒崎の疑いを躱した。

寅吉は、物陰から現れて三叉路に走り、黒崎を捜した。

黒崎は、真源院《しんげんいん》鬼子母神に向かっていた。

寅吉は、充分な距離を取って黒崎を尾行た。

二度の失敗は許されない……。

寅吉は、額に汗を滲ませて必死に追った。


真源院鬼子母神の裏手には、小さな古寺があった。

黒崎嘉門は、小さな古寺の山門の前に立ち止まって辺りを見廻した。

不審な者はいない……。

黒崎は見定め、小さな古寺の山門を潜った。

土塀の陰から寅吉が現れ、小さな古寺の山門に走った。そして、山門の陰から境内を覗いた。

黒崎は、本堂の裏手に廻って行った。

寅吉は辛うじて見届け、安堵の吐息を洩らして額に滲んだ汗を拭《ぬぐ》った。

「此処か……」

長八が追って来た。

「ああ……」

「宋徳寺《そうとくじ》か……」

長八は、山門に掲げられている墨の消え掛かった扁額《へんがく》を読み、境内を窺った。

宋徳寺の境内は、手入れと掃除が行き届いていた。

真っ当な寺だ……。

長八は、宋徳寺をそう見た。

「で、黒崎さん、庫裏《くり》に入ったのか……」

「いや。本堂の裏に廻って行った」

「本堂の裏……」

長八は眉をひそめた。

「ああ……」

「よし。本堂の裏を覗いてみよう」

長八と寅吉は、境内の植込み伝いに進んで本堂の横手に急いだ。

本堂の裏手には小さな庭があり、古い家作があった。

長八と寅吉は、本堂脇の植込みの陰から古い家作を窺った。

古い家作の座敷の雨戸が、黒崎によって開けられた。

座敷には蒲団が敷かれ、若い女が半身を起こしていた。

黒崎は、若い女に鰻の蒲焼きの包みを見せて話し掛けた。

若い女は、嬉しげな笑顔で頷いていた。

「黒崎さんの娘のおそでさんだな……」

長八は睨んだ。

「ああ……」

寅吉は頷いた。

蒲団に半身を起こしている若い女は、黒崎嘉門の一人娘で十年前に文七と江戸から出て行ったおそでなのだ。

長八と寅吉は見定めた。

「やっぱり、患っていたな」

「うん。で、文七はいるか……」

寅吉は、古い家作の中を窺った。

「いや。いる様子はないな」

長八は眉をひそめた。

黒崎が、何気なく本堂脇を一瞥した。

長八と寅吉は、素早く植込みに身を潜めた。

黒崎は、長八と寅吉に気付かず、鰻の蒲焼きを持って座敷から台所に向かった。

「寅さん……」

「うん」

長八と寅吉は、本堂脇の植込みの陰から素早く立ち去った。

入谷宋徳寺の家作に、文七と一緒になったおそではいた。だが、文七は出掛けているのか、居る様子は窺えなかった。

何《いず》れにしろ、おそでがいる限り、文七は必ず現れる……。

長八と寅吉は睨み、宋徳寺を見張ると共に聞き込みを始めた。

袋物問屋『菊屋』は繁盛していた。

浪人と半纏を着た男は、袋物問屋『菊屋』を覗き込んだりして様子を窺っていた。

菅笠を被った人足は、和泉橋の袂から浪人と半纏を着た男を見張っていた。

幸吉と由松は見守った。

「どうやら、浪人と半纏を着た野郎、下男の梅吉の云う事を信用していないようだな」

幸吉は苦笑した。

「ええ。それにしてもあの人足、何者なんですかね」

由松は、和泉橋の袂にいる菅笠を被った人足を示した。

「さあな。だけど、浪人と半纏を着た野郎の仲間じゃあないのは確かだ」

「ええ……」

袋物問屋『菊屋』に来た客たちは、店の前にいる浪人と半纏を着た男を恐ろしげに見ながら出入りをしていた。

店から出て来た番頭は、浪人に頭を下げて小さな紙包みを渡した。

浪人は、小さな紙包みを地面に叩き付けた。

小さな紙包みが破け、一枚の小判が音を立てて弾み、煌めいた。

「嘗《な》めるな無礼者」

浪人は怒鳴り、番頭を殴り飛ばした。

番頭は、悲鳴を上げて倒れた。

「幸吉の兄貴……」

由松は眉をひそめた。

「人足から眼を離すな……」

幸吉は、由松に命じて飛び出した。

「何の騒ぎですかい……」

幸吉は、番頭を庇《かば》って浪人と半纏を着た男に対した。

「何だ、お前は……」

浪人は、幸吉を睨み付けた。

「邪魔するんじゃあねえ」

半纏を着た男は、幸吉を突き飛ばそうとした。

幸吉は、突き飛ばそうと伸ばした半纏を着た男の腕を掴み、素早く腰に乗せて投げた。

半纏を着た男は、地面に激しく叩き付けられた。

土埃《つちぼこり》が舞い上がった。

半纏を着た男は、苦しそうに呻《うめ》いた。

「お前……」

浪人は、戸惑いを浮かべた。

「お上の御用を承っている者でしてね」

幸吉は、十手を出した。

浪人は苦笑し、倒れている半纏を着た男に冷たく告げた。

「行くぞ、富吉《とみきち》……」

「へ、へい。待っておくんなさい、松波《まつなみ》の旦那……」

浪人は、半纏を着た男を急《せ》かして昌平橋に向かった。

浪人の松波と富吉……。

幸吉は見送り、和泉橋の袂を見た。

和泉橋の袂には、既に菅笠を被った人足はいなく、由松も姿を消していた。

「ありがとうございました」

袋物問屋『菊屋』の番頭は、幸吉に深々と頭を下げて礼を述べた。

「いえ。お怪我はありませんかい」

「お陰さまで……」

「そいつは良かった。じゃあ……」

幸吉は、浪人の松波と半纏を着た富吉を追った。

荷船からの荷下ろしも終わり、鎌倉河岸には静けさが漂っていた。

雲海坊は、人足宿の『寿屋』を見張り続けた。

人足宿『寿屋』の主の善造は、誰に訊いても評判の良い男だった。

良過ぎる……。

雲海坊は苦笑した。

鎌倉河岸の船着場に猪牙舟が着き、旅姿のお店《たな》の旦那らしき初老の男とお供の若い男が降り立った。

雲海坊は見守った。

初老の男は、鋭い眼差しで辺りを窺った。

雲海坊は、咄嗟に身を隠した。

初老の男は雲海坊に気付かず、若い男を従えて人足宿の『寿屋』に入って行った。

素人《しろうと》じゃあねえ……。

雲海坊の勘が囁いた。

何者だ……。
雲海坊は、想いを巡らせた。
浪人や半纏を着た男の仲間なのかもしれない……。
雲海坊は睨んだ。

四

昼間の神田明神門前町の盛り場は、前夜の酒の臭いを漂わせて妙に白々しかった。
松波と富吉は、眠っている飲み屋の連なりを進んだ。
富吉は、幸吉に投げられて腰を痛めたのか松波から遅れていた。
菅笠を被った人足は、松波と富吉を物陰伝いに追っていた。
何をする気だ……。
由松は尾行た。
「早く来い、富吉……」
松波は、遅れて来る富吉に声を掛けて場末の一膳飯屋に入った。

「へ、へい……」
富吉は、痛めた腰を庇って進んだ。
菅笠を被った人足は、不意に地を蹴った。
由松は戸惑った。
菅笠を被った人足は、匕首を構えて富吉に突進した。
富吉は振り返った。
刹那、菅笠を被った人足は、振り返った富吉に体当たりをした。
匕首が富吉の腹に突き刺さった。
富吉は、激痛に顔を歪めて崩れながら人足の菅笠を毟《むし》り取った。
人足の顔が露になった。
「ぶ、文七……」
富吉は叫んだ。
文七……。
由松は、菅笠を被った人足が袋物問屋『菊屋』を勘当された若旦那の文七だと知った。
文七は、富吉の腹から匕首を引き抜いた。

刹那、飛来した脇差が文七の左肩に突き刺さった。
文七は、思わず仰け反り、片膝を突いた。
松波が、刀を抜いて文七に駆け寄った。
「止《や》めろ」
由松は飛び出し、文七を庇った。
「邪魔するな、下郎」
松波は、由松に斬り掛かった。
由松は、辛うじて躱して松波の腹に組み付いた。
「おのれ……」
松波は、由松を振り払おうとした。
振り払われると斬られる……。
由松は、必死に組み付いた。
呼子笛が甲高く鳴り響いた。
松波は怯んだ。
由松は、松波の怯んだ隙を突いて転がり離れた。
呼子笛は鳴り響き続けた。

松波は、悔しげに逃げ去った。

助かった……。

由松は安堵した。

「由松、大丈夫か……」

幸吉が駆け寄って来た。

「幸吉の兄貴、文七は……」

人足姿の文七はいなく、血に塗れた富吉と脇差が転がっていた。


入谷宋徳寺の境内には、住職の読経《どきょう》が朗々と響き渡り、白髪頭の老寺男が植込みの手入れをしていた。

寅吉は、見張りを続けていた。

「良い声だな……」

聞き込みから戻って来た長八が、住職の読経に微笑んだ。

「まったくだ。で、何か分かったかい」

「うん。宋徳寺の住職は蒼海《そうかい》、寺男は猪之吉《いのきち》。蒼海さんは元は侍で、寺男の猪之吉はその頃からの下男だそうだ」

「元は侍の主従って奴か……」

「うん。で、蒼海さんだが、行き倒れや無縁の者たちを弔《とむら》い、供養《くよう》しているそうだぜ」

「へえ。今時、珍しい坊主だな」

「ああ。高徳の僧って奴だぜ」

「元は侍なら、その辺で黒崎嘉門さんと知り合いなのかもしれねえな」

「きっとな。で、出入りしている米屋や油屋に聞いたんだが、十日ぐらい前から米や油の注文が少しだが増えたそうだ」

少しだけ増えた米と油は、家作で暮らすおそでたちの分なのだ。

「で、文七は……」

「そいつが、らしい奴を見掛けた者はいない」

「そうか……」

蒼海の朗々とした読経は続いていた。

黒崎嘉門が本堂の裏手から出て来た。

長八と寅吉は見守った。

黒崎は、植込みの手入れをしている寺男の猪之吉に声を掛け、深々と頭を下げて何事かを告げていた。

「おそでが世話になっていると、礼を云っているのかな」

寅吉は読んだ。

「きっとな……」

長八は頷いた。

読経が終わり、本堂から痩せて小柄な坊主が出て来た。

「蒼海さんだな……」

「うん……」

長八と寅吉は、小柄な坊主を蒼海だと見定めた。

「やあ。嘉門、来ていたのか……」

「うむ、おそでが世話になっている。礼を申すぞ。蒼海……」

「なあに、気にするな」

黒崎と蒼海は、本堂の階《きざはし》に腰掛けて親しげに話し始めた。

長八と寅吉は見守った。

四半刻が過ぎた。

黒崎は、蒼海と猪之吉に見送られて宋徳寺を後にした。

「俺が追う。長さんは此処を頼むぜ」

「そいつは良いが、寅さん、危ない時はさっさと逃げるんだぜ」

長八は心配した。

「ああ……」

寅吉は頷き、立ち去って行く黒崎を慎重に追った。

長八は、宋徳寺を見張った。


旅姿のお店の旦那風の初老の男とお供の若い男は、人足宿の『寿屋』に入ったままだった。

雲海坊は、見張り続けていた。

一人で戻って来た浪人が、緊張した面持ちで入って行った。

何かあった……。

雲海坊は読んだ。

「雲海坊の兄貴……」

由松が駆け寄って来た。

「どうした」

「左肩に怪我をした人足、見ませんでしたか」

由松は、微かな焦りを滲ませた。

「見なかったぜ」

「そうですか……」

「それより、今、浪人が一人で戻って来たが、何があったんだ」

雲海坊は眉をひそめた。

「はい……」

由松は、雲海坊と鎌倉河岸で別れた後の顚末《てんまつ》を話した。

「それで菅笠を被っていた人足が文七で、左肩に怪我をしたってのか……」

「はい……」

「で、富吉ってのは、刺されてどうなった」

「幸吉の兄貴が医者に運びましたが……」

「雲海坊、由松……」

幸吉が駆け寄って来た。

「富吉、どうなりました」

由松は訊いた。

「お医者が手当てをしてくれているが、助かるかどうか、何とも云えないそうだ」

「そうですか……」

「で、松波は……」

「戻って来たそうです」

「それにしても文七、どうして富吉を刺したのかな」

雲海坊は眉をひそめた。

「そいつは分からないが、文七、富吉を刺したとなると、浪人の松波の命も狙っているのかもしれない……」

幸吉は読んだ。

「ええ……」

由松は、緊張した面持ちで頷いた。

「幸吉っつぁん、由松、さっき妙な奴らが寿屋に来たぜ……」

雲海坊は告げた。

「妙な奴ら……」

「ああ……」

雲海坊は、お店の旦那風の初老の男たちの事を話した。

「ひょっとしたら、松波や富吉の仲間かもしれませんね」

由松は読んだ。

「うん。何れにしろ文七は富吉を刺した。親分に報せて来るぜ」

事は大きく動いた。

幸吉は、微かな焦りを過ぎらせた。

報せを受けた柳橋の弥平次は、人足宿の『寿屋』の見張りに雲海坊を残し、幸吉、由松、勇次に文七の足取りを追うように命じ、秋山久蔵のいる南町奉行所に走った。


黒崎嘉門は、今戸町の堀端長屋に戻った。

寅吉は見届けた。

もう動かないのか……。

寅吉は、黒崎の家を窺った。

黒崎が家から現れ、塗笠を被って再び出掛けた。

寅吉は、黒崎の腰の大刀に気が付いた。

何をする気だ……。

寅吉は緊張し、黒崎を追った。


人足宿の『寿屋』は夕陽に覆われた。

浪人の松波は動かなかった。動かないのは、お店の旦那風の初老の男たちも同じだった。

雲海坊は見張り続けた。

「御苦労だな、雲海坊……」

着流し姿の久蔵が、弥平次とやって来た。

「こりゃあ、秋山さま、親分……」

雲海坊は、饅頭笠をあげて迎えた。

「文七が刺した富吉と一緒にいた浪人、寿屋にいるのか……」

「はい、松波って浪人です」

「よし、松波の身柄を押え、文七が何故、富吉を刺したか訊いてみるか……」

久蔵は、『寿屋』を眺めた。

白髪頭の老武士が人足宿の『寿屋』の前に立ち止まり、塗笠をあげて鋭い眼差しで辺りを見廻した。

久蔵は、白髪頭の老武士に微かな殺気を感じた。

白髪頭の老武士は、人足宿の『寿屋』に入って行った。

「あっ、寅吉さん……」

雲海坊は、黒崎を追って来た寅吉に気が付いた。

寅吉は雲海坊、久蔵、弥平次に駆け寄った。

「秋山さま、親分……」

寅吉は、久蔵と弥平次を見て安堵した。

「寅吉、今の侍を追って来たのか……」

弥平次は尋ねた。

「はい」

「文七と拘わりがあるのか……」

「はい。文七と一緒になったおその父親の黒崎嘉門さんです」

「ならば、文七の義理の父親か……」

久蔵は、黒崎の微かな殺気を思い出した。

お店の旦那風の初老の男のお供をして来た若い男は、長脇差で猛然と黒崎嘉門に斬り掛かった。

黒崎嘉門は、僅かに身を沈めて抜き打ちに若い男を斬り棄てた。

若い男は、腹から血を振り撒いて倒れた。

年寄りとは思えぬ鮮やかな一刀だった。

黒崎は、座敷にいる松波とお店の旦那風の初老の男に迫った。

「おぬしが松波仙十郎《せんじゅうろう》だな」

黒崎は、松波を見据えた。

「い、如何にも……」

「ならば、お前が下総《しもうさ》は取手《とりで》の織物屋の主を闇討ちした二足草鞋《わらじ》の長五郎《ちょうごろう》か……」

黒崎は、お店の旦那風の初老の男に冷笑を浮かべて尋ねた。

「手前……」

二足草鞋の長五郎と呼ばれたお店の旦那風の初老の男は、怒りを露にして黒崎を睨み付けた。

「長五郎、己の悪行を見られたからと申して、文七おそで夫婦の命を執拗《しつよう》に付け狙うとは許せぬ。死んで貰うぞ」

黒崎は、鋒《きつさき》から血の滴る刀を握って長五郎と松波に迫った。

「おのれ……」

松波は、黒崎に斬り掛かった。

黒崎は、松波の刀を軽く撥《は》ねあげて鋭く踏み込んだ。

黒崎の刀は閃き、松波の腹に突き刺さった。

松波は、呆然と眼を瞠《みは》った。

黒崎は、刀を引き抜いた。

松波は、崩れ落ちるように両膝を突いて前のめりに倒れた。

「さあて、長五郎、次はお前だ……」

黒崎は、長五郎に笑い掛けた。

長五郎は、恐怖に喉を引き攣らせた。

『寿屋』の主の善造が、手下の人足たちを従えて雪崩れ込んで来た。

「爺い、この寿屋善造の店でこれ以上、勝手な真似はさせねえぜ」

善造と手下の人足たちは、長脇差や匕首を手にして黒崎を取り囲んだ。

長五郎は、善造の背後に逃げ込もうとした。

黒崎は、僅かに腰を沈めた。

「動くな、長五郎……」

庭先から鋭い声が飛んだ。

長五郎は、凍て付いた。

久蔵が庭先に現れた。

「動けば、斬り棄てられる……」

久蔵は笑った。

黒崎は、微かな戸惑いを過ぎらせた。

「何だ。手前は……」

善造は、久蔵に怒鳴った。

「俺か、俺は南町奉行所の秋山久蔵だ」

久蔵は名乗った。

善造と手下たちは、久蔵の名を知っていたらしく激しく狼狽えた。

「か、剃刀《かみそり》久蔵……」

善造と手下たちは怯み、長脇差や匕首を下ろして後退りした。

「黒崎嘉門さんか……」

久蔵は、黒崎に笑い掛けた。

「如何にも。秋山久蔵どのか……」

黒崎は微笑んだ。

「黒崎さん、長五郎は俺たちが捕らえ、取手の織物屋の主殺しを詮議する。お前さんにも話を聞かせて貰うぜ」

「いいだろう」

黒崎は頷いた。

次の瞬間、長五郎が庭先に逃げた。

「神妙にしやがれ」

弥平次が雲海坊や寅吉と現れ、長五郎を殴り飛ばして縄を打った。

「助けろ。善造、助けてくれ」

長五郎は、善造に必死に助けを求めた。

善造と手下たちは、黙って見守った。

「さあて、黒崎さん。俺はちょいと行く処があってな。柳橋の親分と一緒に先に行っていてくれ」

「心得た」

「じゃあ、柳橋の、雲海坊。長五郎を大番屋に叩き込んで、黒崎さんの相手をな」

「承知しました」

弥平次と雲海坊は頷いた。

「じゃあ寅吉。長八の処に案内して貰おうか」

「はい……」

寅吉は頷いた。

久蔵は、寅吉と人足宿の『寿屋』を出た。

日は暮れた。


宋徳寺は月明かりを浴びていた。

長八は、見張り続けていた。

人影は、土塀の暗がり伝いをやって来た。

長八は眼を凝らし、暗がりを透かし見た。

人影は手拭で頰被《ほおかぶ》りをしており、重い足取りだった。

誰だ……。
長八は見守った。
人影は、宋徳寺の境内に入って行った。
長八は、人影を追った。
人影は、境内を横切って本堂の裏に進んだ。
文七だ……。
長八は、人影が文七だと気が付いた。
本堂裏の小さな家作には、明りが灯されていた。
文七は、小さな家作に入った。
長八は見届けた。
どうする……。
長八は、一人で踏み込んで逃げられるのを恐れた。
とにかく一人じゃあ無理だ……。
長八は、寅吉が戻る迄、見張る事にして宋徳寺の表に戻った。

時が過ぎた。

長八は、寅吉が戻って来るのを待った。

二人の人影が暗がりをやって来た。

寅吉か……。

長八は、暗がりを透かし見た。

二人の人影は、寅吉と久蔵だった。

秋山さま……。

長八は安堵した。


左肩の傷は深かった。

文七は、おそでに手伝って貰いながら傷口を洗って血止めをし、晒《さら》しを巻いて出来るだけの手当てを終えていた。

「大丈夫、お前さん……」

おそでは、眉をひそめて心配した。

「ああ。大丈夫だ……」

文七は、額に脂汗を滲ませて苦しげに顔を歪めた。

「やっぱりお医者に……」

「おそで、追手の富吉は片付けた。残るは松波仙十郎だ。松波を始末すれば、取手の長五郎も諦める筈だ。それ迄、医者の処になんか行ってられねえ」

「でも、こんな大怪我じゃあ……」

「おそで、松波を放っておけば、菊屋にも迷惑が掛かるんだ」

「菊屋に……」

「ああ。俺を誘き出そうと、菊屋を見張って因縁を付けようとした」

「そんな……」

「おそで、黒崎さまには、何もかも話してお前の事は頼んだ」

「父上は今日、精が付くからと、鰻の蒲焼きを持って来てくれました」

「そうか。良かったな……」

文七は、おそでの為に喜んだ。

「はい……」

「だから、俺が万一の時は、黒崎さまの処に戻るんだぜ」

「お前さん……」

おそでは、哀しげに顔を歪めた。

「その心配はもう要らねえぜ」

長八と寅吉が現れた。

文七は驚き、おそでを庇って身構えた。

「松波仙十郎は黒崎さんに斬られ、取手から来た二足草鞋の長五郎は南町奉行所がお縄にしたぜ」

寅吉は告げた。

「黒崎さまが松波を……」

「ああ……」

寅吉は頷いた。

「じゃあ……」

「ああ。もう逃げ廻らなくても良いんだ」

「お前さん方は……」

文七は、長八と寅吉を探るように見詰めた。

「俺たちは岡っ引の柳橋の弥平次の身内でな。袋物問屋菊屋の御隠居の庄兵衛さんに頼まれてお前たちを捜していたんだぜ」

「お父っつぁんに頼まれて……」

文七は驚いた。

「ああ。菊屋の御隠居、十年前の事を悔やんでいるそうだ」

長八は告げた。

「悔やんでいる……」

「うん。おそでさんと一緒になるのを反対し、勘当した事をね」

「お父っつぁんが悔やんでいる……」

文七は呆然と呟いた。

「お前さん……」

おそでは涙を零した。

「おそで……」

文七は、滲む涙を拭った。


久蔵は、障子の陰に佇んで文七とおそでの様子を窺っていた。

文七とおそではすすり泣いた。

これで良い……。

久蔵は微笑んだ。

翌日、文七とおそでは、久蔵の手配りで和馬に伴われて小石川の養生所を訪れた。

おそでは本道医の小川良哲《おがわりようてつ》、文七は外科医の大木俊道《おおきしゅんどう》の診察と治療を受けた。

おそでは、心の臓が酷く弱っており、養生が必要となった。そして、文七は大番屋で久蔵の詮議を受ける事になった。

文七は、久蔵に何もかも話した。


十年前、文七は父親庄兵衛に勘当され、おそでを伴って江戸を出た。そして、上総《かずさ》、下総、常陸《ひたち》、安房《あわ》などで大店や庄屋屋敷に奉公した。だが、若旦那の文七の奉公は長続きせず、身を持ち崩して博奕と酒にのめり込んだ。

おそでは、泣いて文七を諫《いさ》めた。だが、文七はおそでの云う事を聞かず博奕打ちになっていった。おそでの心の臓はその頃から悪くなった。そして、文七は博奕で揉め事を起こし、逃亡することになった。

その時、文七はおそでに江戸に帰れと告げた。だが、おそでは江戸に帰らず、文七と一緒に逃げた。

逃亡が続き、おそでの心の臓の病は酷くなり、文七は自分の所為《せい》だと悔やみ、己を厳しく責めた。その時、取手の織物問屋の主の惣平《そうへい》が、文七とおそでを哀れんで引き取ってくれた。

文七は、惣平の恩義に報いようと織物問屋で下男として真面目に働き始めた。やがて、惣平は二足草鞋の長五郎と争いになり、闇討ちされて殺された。おそでは、偶然にも長五郎たちが惣平を殺す処を目撃した。長五郎はおそでに見られたのに気付き、松波仙十郎と富吉に口を封じろと命じた。それを知った文七は、おそでを連れて取手から逃げた。松波と富吉は、文七とおそでを追った。文七は、心の臓の病に苦しむおそでを背負ってどうにか江戸に辿り着いた。そして、黒崎嘉門に事情を話しておそでを頼み、追って来る松波と富吉の命を狙った。

久蔵は、和馬と幸吉を下総の取手に走らせて文七の言葉の裏を取った。

織物問屋の惣平と二足草鞋の長五郎は、絹織物の利権を巡って争っており、文七の言葉に間違いはなかった。

久蔵は、長五郎を死罪に処し、人足宿『寿屋』の主の善造を江戸十里四方払いにした。

文七に刺された富吉は、一命を取り留めた。

久蔵は、文七と松波仙十郎たちを斬り棄てた黒崎嘉門を放免した。

文七とおそで、黒崎嘉門は、久蔵の裁きに深く感謝した。

弥平次は、袋物問屋『菊屋』の隠居庄兵衛を訪れ、文七の事を報せた。

「そうですか。苦労したんですねえ、おそでさんは……」

庄兵衛は、倅の文七が見付かり、町奉行所から放免されたのに安堵し、おそでを哀れみ感謝した。

「ええ。身を持ち崩した文七が立ち直ったのは、おそでさんのお陰ですよ」

「そうですねえ……」

庄兵衛は、深く頷いた。


「御苦労だったな……」

弥平次は、長八と寅吉を『笹舟』の居間に招き、酒を振る舞って労った。

「いいえ、幸吉たちのお陰でどうにか役目を果たせたようなものです。なあ、長さん……」

「うん。それにしても久し振りの探索、身体の節々が痛くなりましたよ」

長八は苦笑した。

「そいつは俺も同じだぜ」

寅吉は、笑いながら酒を飲んだ。

「おう。賑やかだな。仲間に入れて貰うぜ」

久蔵が角樽《つのだる》を持って訪れた。

「こりゃあ、秋山さま……」

弥平次、長八、寅吉は慌てて挨拶をした。

「で、秋山さま、何か……」

弥平次は戸惑った。

「うん。菊屋の隠居が文七の勘当を解き、向島の寮でおそでを養生させるそうだ」

「そいつは良かった」

弥平次、長八、寅吉は喜んだ。

「ああ。これで長八と寅吉の久し振りの働きも報われると云うものだ。御苦労さん……」

久蔵は、笑顔で角樽を差し出した。

夕暮れ時、大川から吹き抜ける風は涼やかだった。

袋物問屋『菊屋』の隠居の庄兵衛は、今日も孫娘のおふみと夕涼みをしているのかもしれない……。

第三話

厩河岸

一

文月《ふみづき》――七月。

江戸の町では、〝井戸替え〟と称して井戸に落ちた枯葉や塵《ちり》を掃除する。それは、七日の七夕で飾りや星を綺麗な水に映すと縁起が良いからだと云われていた。

そして、七夕が過ぎると十五日の盆を迎える。


朝、大川の厩河岸《うまやがし》の渡し場には、大工道具箱と男物の草履《ぞうり》が揃えられていた。

渡し場の番人や渡し船の船頭は、置かれていた大工道具箱の蓋《ふた》を開けた。

大工道具箱には、玄能《げんのう》、釘抜、鑿《のみ》、鉋《かんな》、鋸《のこぎり》、錐《きり》、曲尺《かねじゃく》、墨壺《すみつぼ》などが入っていた。

大工道具はどれも手入れが行届いていた。それは、持ち主の大工が大切にしている証だ。

その大切な大工道具が、草履と一緒に置きっ放しになっていたのだ。

身投げ……。

持ち主の大工は、大切な大工道具を残して身投げをしたのかもしれない。

番人と船頭は、情況をそう読んで傍の三好町《みよしちよう》の自身番に報せた。

自身番の店番《たなばん》は、岡っ引の柳橋の弥平次に使いの者を走らせた。

弥平次は、しゃぼん玉売りの由松と船頭の勇次に大川を調べるように命じ、幸吉を従えて厩河岸に急いだ。

勇次は、猪牙舟に由松を乗せて大川に漕ぎ出し、土左衛門《どざえもん》捜しを始めた。


弥平次と幸吉は、大工道具を調べた。

大工道具箱の蓋の裏には〝浅草元鳥越町大工政吉《まさきち》〟と書かれており、道具のすべてに〝政〟の一文字が刻まれていた。

「浅草元鳥越町大工政吉ですか……」

幸吉は、蓋の裏の文字を読んだ。

「うむ。様子からみると、此処から身投げをしたって処かな」

弥平次は眉をひそめた。

「ええ。辺りに争った跡もありませんし、大切な商売道具を残し、草履を揃えて行く大工は、滅多にいませんからね」

幸吉は頷いた。

「親分……」

勇次の漕ぐ猪牙舟が由松を乗せ、大川の下流からやって来た。

「何か見付かったか……」

「ええ。こんな物が永代橋《えいたいばし》の橋脚に引っ掛かっていました」

由松は、長い竹竿の先の鳶口《とびぐち》に引っ掛けた濡れた印半纏を差し出した。

幸吉は、濡れた印半纏を受け取って広げた。

印半纏の背中には、丸に〝大〟の字が書かれていた。

「丸に大の字、大工政吉の印半纏ですかね」

幸吉は眉をひそめた。

「うむ。流されている内に脱げたのかもしれないな。由松、勇次、引き続き土左衛門を捜してくれ」

「はい……」

勇次は、由松を乗せた猪牙舟の舳先を下流に向けた。

「幸吉、先ずは元鳥越町に行ってみるか……」

「はい」

弥平次と幸吉は、大工道具箱や濡れた印半纏を持って元鳥越町に向かった。

厩河岸の渡し船は、客を乗せて長閑《のどか》に大川を行き交っていた。

元鳥越町は、浅草御門と浅草広小路を結ぶ蔵前通りの途中にある新堀川と合流する鳥越川沿いにあった。

〝鳥越〟とは、その昔に奥州征伐に向かった源　頼義《みなもとのよりよし》と八幡太郎義家《はちまんたろうよしいえ》が海を渡る為の浅瀬を探していた処、名も無き白鳥が渡って行くのを見て気付き、名付けたと伝えられている。

元鳥越町と呼ぶのは、浅草寺の東、山谷堀端にある飛び地を新鳥越町と称したからだった。

弥平次と幸吉は、鳥越明神の近くにある自身番に立ち寄り、大工の政吉の家が何処か訊いた。

大工の政吉は、鳥越川沿いにある甚内《じんない》長屋で妹のおちよと暮らしていた。

弥平次と幸吉は、鳥越川に架かっている甚内橋の手前を東に曲がった。そこに、甚内長屋はあった。

甚内長屋は朝の忙しい時も過ぎ、居職《いじょく》の鍛金師《たんきんし》の打つ金槌《かなづち》の音だけが小刻みに鳴り響いていた。

幸吉は、奥の家の腰高障子を静かに叩いた。

若い女が返事をし、腰高障子を開けた。

政吉の妹のおちよ……。

幸吉は見定めた。

「こちらは、大工の政吉さんのお住まいですね」

幸吉は、おちよに尋ねた。

「はい。そうですが……」

おちよは、戸惑った面持ちで頷いた。

「政吉さんは、おいでになりますかい……」

「いいえ。兄は昨日仕事に出掛けたまま帰っておりませんが、何か……」

おちよは眉をひそめた。

「お前さん、政吉さんの妹のおちよさんだね」

弥平次は、穏やかに訊いた。

「は、はい……」

「あっしは岡っ引の柳橋の弥平次。こっちは幸吉と云いましてね」

弥平次は、懐の十手を見せた。

「兄が何かしたのでしょうか……」

おちよは、緊張を滲ませた。

「その前に、ちょいと見て貰いたい物があってね。幸吉……」

「はい……」

幸吉は、大工道具箱と印半纏をおちよに見せた。

「此の大工道具と印半纏、政吉さんの物だと思うのですが、如何ですかい……」

幸吉は、おちよを見詰めた。

おちよは、大工道具箱の蓋を開けて裏に書かれている文字を読み、道具の柄《え》に刻まれている〝政〟の一文字を見た。そして、印半纏を手に取り、顔色を僅かに変えた。

「兄の物です。兄の道具と印半纏です。親分さん、兄がどうかしたのですか……」

おちよは、怯えを滲ませた。

「おちよさん、落ち着いて聞くんだ。政吉さんの大工道具は、厩河岸の渡し場に揃えた草履と一緒に置いてあってね。印半纏は永代橋の橋脚に引っ掛かっていたんだよ」

弥平次は告げた。

「じゃあ、じゃあ、兄は身投げを……」

おちよは震えた。

「おちよさん……」

弥平次は、微かな戸惑いを覚えた。

「身投げをしたんです」

おちよは声を震わせ、握り締めた印半纏に顔を埋《うず》めて泣き出した。

弥平次は、おちよが兄の政吉の身投げを予感していたと思った。

「親分、どうやら間違いないようですね」

幸吉は、大工の政吉が身投げをしたと見定めた。

「うむ。後はどうして身投げをしたのかだが、知っているようだな」

弥平次は、泣きじゃくるおちよを示した。

「はい……」

幸吉は頷いた。

おちよは泣き続けた。

弥平次の睨み通り、おちよは兄の政吉が身投げをした理由を知っていた。

政吉は、請負った普請で失敗を犯して悩んでいた。そして、その普請は、政吉の師匠である大工の棟梁喜兵衛《とうりようきへえ》の口利きの仕事だった。

弥平次と幸吉は、浅草材木町にある大工の棟梁喜兵衛の家に向かった。

喜兵衛は、政吉が身投げをしたと聞いて驚いた。

「それで、政吉は棟梁の口利きの普請で失敗したのを悩んでいたと聞いたんですがね」

弥平次は訊いた。

「政吉の失敗ですかい……」

喜兵衛は、戸惑いを浮かべた。

「ええ。どんな失敗だったのですか……」

「若いのに丁寧な仕事をする政吉にしては珍しい失敗でしてね。材木の寸法をちょいと間違えて鋸を入れちまったんですよ。尤も材木は、うちにある物を代わりに使って普請に障《さわ》りはなかったんですがね」

「身投げをする程の事じゃありませんか……」

「ええ。ですが政吉は何でも丁寧にきっちり遣らなければ気の済まない生真面目《きまじめ》な奴でしたから、素人のような失敗を悩んだのかもしれないな」

喜兵衛は眉をひそめた。

「親分。政吉、悩みを募らせて訳が分からなくなったのかもしれませんね」

幸吉は睨んだ。

「ああ……」

弥平次は頷いた。

大工の政吉には、身投げをするだけの悩みがあった。

弥平次と幸吉は知った。


由松と勇次の捜索にも拘わらず、大工の政吉の死体は見付からなかった。

政吉の死体は、既に江戸湊《みなと》に流れ出てしまったのかもしれない。


元鳥越町甚内長屋に住む大工の政吉は、仕事の失敗を悩んで大川に身投げをした。そして、その死体は江戸湊に流れ去った。

情況はそう告げていた。

弥平次は、微かな戸惑いを覚えながらも頷くしかなかった。

おちよは、死体のないまま兄の政吉の弔いを執《と》り行った。

弔いには、大工の棟梁の喜兵衛を始めとした大工仲間、左官、屋根屋、畳屋などの職人が訪れ、政吉の生真面目な人柄と腕の良さを偲《しの》んだ。


木洩れ日は不忍池に揺れた。

遊び人の死体は、煌めく不忍池に浮かんだ。

南町奉行所定町廻り同心の神崎和馬は、幸吉を従えて駆け付けた。

遊び人の死体は、既に不忍池の岸辺に引き上げられていた。

和馬と幸吉は、遊び人の死体を検《あらた》めた。

遊び人は、刃物で腹を深く抉られていた。

「腹を刺されて不忍池に突き落とされたんですかね」

幸吉は、不忍池の畔にある争った跡を見廻した。

「ああ。傷は深く、抉られているな」

和馬は眉をひそめた。

「って事は……」

「通りすがりに殺《や》ったんじゃあない。こいつは遺恨を抱いての殺しだな」

和馬は読んだ。

「恨みですか……」

「うん。それで、仏さんの身許は分かっているのか……」

和馬は、現場に立ち合っていた自身番の店番に訊いた。

「はい。木戸番の茂助《もすけ》さんの話じゃあ、紋次《もんじ》って遊び人で広小路裏の盛り場で良く見掛けたそうです」

「遊び人の紋次か……」

「行ってみますか、広小路裏の盛り場……」

「うん……」

和馬と幸吉は、紋次の死体の始末を自身番の店番に任せ、下谷広小路に向かった。

下谷広小路は賑わっていた。

和馬と幸吉は、下谷広小路の地廻りの仁助《にすけ》を一膳飯屋で見付けた。

「こりゃあ、幸吉の兄い……」

地廻りの仁助は、幸吉に腰を屈《かが》めて挨拶をした。

「仁助。紋次って遊び人、知っているな」

幸吉は決め付けた。

「へ、へい……」

仁助は、思わず頷いた。

「やっぱり、知っていたかい……」

幸吉は笑った。

「えっ、ええ……」

仁助は、戸惑いを浮かべた。

「紋次、恨みを買っていた筈だが、知っているかい」

「幸吉の兄い。紋次の野郎がどうかしましたかい」

「仁助、紋次がどんな恨みを買っていたのか、訊いているんだ」

幸吉は、仁助を厳しく見据えた。

「へ、へい。紋次の野郎は、半端な博奕打ちで、旗本の若様や大店の若旦那に取り入ってお零れに与《あずか》っている奴でしてね。恨まれているとしたら、その辺に拘わりがあるんじゃあないですかね」

仁助は、蔑《さげす》みを露にした。

「旗本の若様や大店の若旦那の取り巻きか……」

和馬が眉をひそめた。

「へ、へい……」

仁助は、巻羽織の和馬に微かな怯えを滲ませた。

「じゃあ今、取り入っている相手は何処の誰だ……」

「し、知りません」

「仁助、旦那の訊いた事に正直に答えなければ、大番屋に来て貰う事になるぜ」

幸吉は脅した。

「そんな……」

仁助は、思わず身震いした。

「だったら、さっさと云いな」

「へい。紋次の野郎、近頃は油問屋の若旦那の賭場通いのお供をしています」

「何処の油問屋の何て若旦那だ」

和馬は訊いた。

「さあ。そこ迄は……」

仁助は首を捻った。

「知らないって云うのかい……」

幸吉は、仁助を睨み付けた。

「本当です。本当に知らないんです。信じて下さい、幸吉の兄い……」

仁助は、半泣きで頼んだ。

「じゃあ、通っていた賭場は何処だ」

「本郷追分《おいわけ》にある大名屋敷の中間部屋の賭場だと思います」

「大名屋敷の中間部屋だと……」

幸吉は眉をひそめた。

「何て大名の屋敷だ」

「確か笠原《かさはら》って大名の下屋敷だと、聞いています」

「本郷追分の笠原家か……」

本郷追分には、播磨国新宮藩《はりまのくにしんぐうはん》笠原家の下屋敷がある。

「よし……」

和馬と幸吉は、紋次が取り入っていた油問屋の若旦那を賭場から割り出し、殺された理由を突き止めようとした。

南町奉行所の中庭には、木洩れ日が揺れていた。

「成る程、そいつは誰が見ても身投げだな」

久蔵は、弥平次から話を聞いて頷いた。

「はい。生真面目過ぎる人柄が政吉を身投げに追い込んだ。政吉を知っている者は、口を揃えてそう云いましてね」

「揃い過ぎかい、身投げだってのが……」

久蔵は苦笑した。

「ええ。どうにも気になりましてね」

弥平次は眉をひそめた。

「気になるか……」

「ええ。何と云っても、死体があがらないってのが気になりましてね」

弥平次は、弔いが終わっても、勇次や伝八たち船頭に政吉の死体を探させていた。

「だが、死体のあがらない身投げは、良くあるぜ」

「まあ、そうなんですがねえ……」

弥平次は首を捻った。

「ならば柳橋の。政吉の身投げには、裏があると云うのかい」

「秋山さま、その辺も死体があがらない限りは何とも云えませんので……」

「そりゃあそうだな。じゃあ柳橋の、政吉の身投げ、気の済む迄、調べてみるがいいぜ」

久蔵は勧めた。


日が暮れた。

和馬は、本郷菊坂台町の自身番に黒紋付羽織を預け、幸吉と一緒に本郷の通りを追分に向かった。そして、追分の三叉路を東の道に進んだ。

そこに、播磨国新宮藩笠原家の江戸下屋敷はあった。

新宮藩江戸下屋敷は表門を閉じており、大店の旦那風の男、遊び人、得体の良く分からない侍たちが裏門から出入りしていた。

賭場の客たちだ。

和馬と幸吉は、裏門に廻った。

裏門には中間たちがいた。

「紋次の口利きで来たんだが、遊ばせてくれるかい」

幸吉は、紋次の知り合いを装った。

「そりゃあもう、どうぞ……」

和馬と幸吉は、中間に誘われて中間部屋の賭場に入った。

二

賭場は静かに賑わっていた。

和馬と幸吉は、盆茣蓙《ぼんござ》の端に連なって駒を張った。

博奕は勝ちと負けが交互に続いた。

和馬と幸吉は、頃合いを見計らって盆茣蓙を離れ、次の間に仕度されていた酒を飲み始めた。

「賑わっているな」

幸吉は、湯呑茶碗を片付けている若い中間に声を掛けた。

「お陰さまで。どうでした、調子は……」

「まあまあだぜ」

「そうですかい……」

「処で紋次の野郎、来ていねえな」

「へい。どうしたんですかね。紋次さん、いつもなら若旦那の卯之吉《うのきち》さんともう来ているんですがね」

若い中間は首を捻った。

「ああ、油問屋の若旦那か……」

幸吉は、卯之吉が油問屋の若旦那の名前だと読んだ。

「ええ……」

若い中間は頷いた。

「卯之吉、何処の何て油問屋の若旦那だい」

和馬は、酒を飲みながら尋ねた。

「確か神田須田町にある山城屋《やましろや》って油問屋だと聞いた事がありますぜ」

「ああ、須田町の山城屋か……」

神田須田町、油問屋『山城屋』の若旦那の卯之吉……。

和馬と幸吉は、殺された紋次が取り入っていた若旦那の店と名前を知った。

「で、紋次、他に一緒に来る奴はいなかったかい」

「近頃は、浪人の岡崎《おかざき》の旦那と旗本の若様なんかを案内して来ていますよ」

「旗本の若様……」

和馬は眉をひそめた。

「ええ。何処の旗本の若様かは分かりませんがね」

「へえ、紋次の奴、新しい鴨《かも》を見付けたかな」

幸吉は、羨《うらや》ましげに笑った。

「まあ、そんな処ですかねえ」

若い中間は苦笑した。

「旦那……」

「ああ……」

和馬は頷いた。

賭場には、客の熱気と煙草の煙りが満ち始めていた。

神田須田町は八ッ小路に近く、多くの人が行き交っていた。

油問屋『山城屋』は繁盛していた。

殺された遊び人の紋次は、油問屋『山城屋』の若旦那の卯之吉の取り巻きだった。そして、紋次が殺される程の恨みを買ったのには、卯之吉も拘わっているのかもしれない。

和馬と幸吉は睨み、若旦那の卯之吉について調べ始めた。

卯之吉は、商いを学ぶこともなく遊び歩いている評判の悪い若旦那だった。

「酒に女に博奕か……」

和馬は眉をひそめた。

「ええ。誰に聞いても評判の悪い若旦那です」

幸吉は頷いた。

「それにしても卯之吉の父親、山城屋の旦那は怒らないのかな」

「そいつが、旦那の徳右衛門《とくえもん》さんは、若い内は仕方がないと云っているそうですぜ」

幸吉は、呆《あき》れたように告げた。

「若い内って、卯之吉の野郎、もう二十歳を過ぎているんだろう」

「今年で二十一歳になるそうです」

「二十一にもなって若い内か。相当、甘い馬鹿親父だな」

和馬は、腹立たしげに吐き棄てた。

「ええ。下手をすれば、卯之吉の放蕩《ほうとう》が山城屋に累を及ぼすかもしれないってのに、暢気《のんき》なもんですよ」

「まったくだ……」

和馬は、油問屋『山城屋』を眺めた。

羽織を着た若い男が、油問屋『山城屋』の裏手から出て来た。

「幸吉……」

和馬は、羽織を着た若い男を示した。

「卯之吉ですかね」

「きっとな……」

和馬は睨んだ。

卯之吉と睨んだ羽織を着た若い男は、足早に八ッ小路に向かった。

「よし。追うぜ」

「はい……」

和馬と幸吉は、卯之吉を追った。


元鳥越町甚内長屋に人影はなく、鍛金師の打つ金槌の音が小刻みに鳴っていた。

弥平次は、おちよの家を訪れた。

「おちよさん、柳橋の弥平次だ、おちよさん」

弥平次は、腰高障子を叩きながら家の中に声を掛けた。

おちよの返事はなかった。

「あら、柳橋の親分さん……」

隣の家から、政吉の弔いで顔見知りになった中年のおかみさんが出て来た。

「やあ。おかみさん、おちよさん、留守のようだね」

「ええ。今頃は茶店ですよ」

おちよは、浅草東本願寺前の茶店に奉公していた。

「へえ。もう働きに行っているのか」

弥平次は、喪の明けぬ内におちよが茶店で働き始めているのを知った。

「今朝、早くに出掛けて行きましたから、きっと……」

「そうかい。いや、騒がしたね」

弥平次は、中年のおかみさんに会釈をして甚内長屋を後にした。

元鳥越町から浅草東本願寺には、新堀川沿いの道を北に進めば良い。

弥平次は、東本願寺に急いだ。

油問屋『山城屋』の若旦那の卯之吉は、八ッ小路から神田川に架かる昌平橋を渡って神田明神に進んだ。

和馬と幸吉は追った。

卯之吉は、若い女と擦れ違う度に薄笑いを浮かべて振り返っていた。

「どうしようもない馬鹿旦那だな」

和馬は蔑んだ。

「ええ……」

幸吉は苦笑した。


神田明神は参拝客で賑わっていた。

卯之吉は、賑わう神田明神を一瞥して門前町の盛り場に進んだ。

盛り場は未だ眠っていた。

卯之吉は、盛り場を抜けた処にある板塀の廻された仕舞屋《しもたや》の木戸を潜った。

和馬と幸吉は、物陰から見守った。

「誰の家かな……」

和馬は眉をひそめた。

「卯之吉、女でも囲ってんですかね」

幸吉は首を捻った。

「馬鹿の遣る事だ。かもしれねえな」

和馬は苦笑した。

「和馬の旦那……」

幸吉は、仕舞屋に廻された板塀の木戸を示した。

板塀の木戸が開き、卯之吉と着流しの浪人が出て来た。

和馬と幸吉は、緊張を過ぎらせた。

卯之吉と着流しの浪人は、盛り場を抜けて明神下の通りに向かった。

和馬と幸吉は追った。

「着流しの浪人。昨夜、賭場の中間が云っていた岡崎って奴ですかね」

「紋次や旗本の若様と一緒に賭場に来るって浪人か……」

「ええ……」

「おそらくな……」

和馬と幸吉は、明神下の通りを不忍池に向かう卯之吉と着流しの浪人を尾行た。

浅草東本願寺門前の茶店『花や』では、茶や団子の他に仏花や線香も売っていた。

弥平次は、茶店の縁台に腰掛けた。

「いらっしゃいませ」

茶店娘が弥平次を迎えた。

「茶を貰おうか……」

「はい。只今……」

「それから、おちよさんはいるかな」

「えっ……」

茶店娘は戸惑った。

「此処に奉公しているおちよさんだ。ちょいと呼んでくれないかな」

弥平次は頼んだ。

「は、はい……」

茶店娘は、戸惑った面持ちで奥に入って行った。

東本願寺門前の茶店はもう一軒あるが、中年の夫婦が営んでおり、若い娘は奉公していない筈だ。

おちよが奉公している東本願寺門前の茶店は、『花や』しかない……。

弥平次は、おちよが来るのを待った。

「お待たせ致しました」

初老の女将が、茶を持って来た。

「おう。おちよさんは……」

「あの……」

女将は、戸惑いを浮かべた。

「ああ。あっしは柳橋の弥平次と云いまして、決して怪しい者じゃありませんぜ」

弥平次は、苦笑しながら懐の十手を見せた。

「いえ。親分さんを怪しい者なんて思っちゃあおりません。只、おちよはもう、店を辞めましてね」

「店を辞めた……」

弥平次は驚いた。

「はい。一昨日《おととい》、急に辞めると云い出しましてね……」

「一昨日、急に……」

「ええ。私も驚いて、政吉さんが身投げして気落ちしているのなら、暫《しば》く休んでも構わないと云ったんですが。おちよはこれ以上の迷惑は掛けられないと云い張って……」

「辞めたんですか……」

「はい……」

女将は頷いた。

茶店を辞めたおちよは、甚内長屋の家を留守にしていた。

何処に行ったのだ……。

「女将さん、おちよさん、奉公を辞めてどうすると云っていましたか……」

「それが、訊いても何も云わなくて……」

「分かりませんか……」

「ええ……」

女将は困惑した。

「じゃあ、おちよさん、政吉の他に家族は……」

「私が聞いている限りじゃあ、おちよと政吉さんの両親はとっくに亡くなり、此の世に二人っ切りの肉親だったと……」

「そうですかい……」

弥平次は頷いた。

兄の政吉が身投げし、妹のおちよは天涯孤独の身になった。

おちよは用があって甚内長屋から出掛けたのか、それとも姿を消したのか……。

弥平次は、元鳥越町の甚内長屋に戻る事にした。


不忍池の畔、仁王門前町にある大きな茶店『池ノ家《いけや》』の桟敷《さじき》からは、弁財天を祀《まつ》ってある弁天島が眺められた。

卯之吉と着流しの浪人は、『池ノ家』の桟敷で酒を飲みながら何事かを話していた。

和馬と幸吉は、不忍池の畔の木陰から『池ノ家』の桟敷にいる卯之吉と浪人を見張った。

「卯之吉と浪人、紋次が殺されたのを知っているのかな……」

和馬は眉をひそめた。

「さあ、そいつはどうですか……」

幸吉は首を捻った。

「もし、紋次が殺されたのを知っているなら、殺った奴も知っているかもしれないな」

「いっそ訊いてみるか……」

「ええ……」

和馬は笑った。

「仮に知っていたとしても、素直に教えてくれますかね」

幸吉は眉をひそめた。

「手前らの悪行が露見するからと、口を噤《つぐ》んで黙《だん》まりか……」

和馬は、卯之吉と浪人の腹の内を読んだ。

「ええ、きっと……」

幸吉は頷いた。

桟敷にいる卯之吉と浪人が立ち上がった。

「よし。その時はその時……」

和馬は決めた。

「分かりました。その時は奴らの出方を窺いますか……」

「うん……」

和馬と幸吉は、『池ノ家』に向かった。

「油問屋山城屋の卯之吉だな……」

和馬は、浪人と一緒に『池ノ家』から出て来た卯之吉を呼び止めた。

幸吉は、和馬の背後から卯之吉と浪人の反応を見守った。

「は、はい……」

卯之吉は和馬を見て微かに怯み、助けを求めるように浪人を窺った。

「若旦那が何かしたと申すのか……」

浪人は、卯之吉を庇うように進み出た。

「おぬしは……」

和馬は、浪人を見据えた。

「俺か、俺は浪人の岡崎英之助《えいのすけ》だ」

岡崎は、躊躇いがちに名乗った。

「そうか、お前さんがやはり岡崎さんかい……」

和馬は苦笑した。

「俺を知っているのか……」

岡崎は、険しさを滲ませた。

「遊び人の紋次と一緒に山城屋の卯之吉に取り入っている岡崎って浪人がいるとな……」

和馬は挑発した。

「何だと……」

岡崎は怒りを浮かべた。

「その遊び人の紋次だが、一昨日の夜、不忍池の畔で殺されたぜ」

和馬は、岡崎の怒りを遮《さえぎ》った。

「紋次が殺された……」

卯之吉と岡崎は驚いた。

「ああ、腹を刺され、抉られてな……」

「腹を刺され、抉られた……」

岡崎は眉をひそめた。

「岡崎さん……」

卯之吉は、恐ろしそうに身震いした。

岡崎と卯之吉は、紋次が殺された事を知らなかった。

和馬と幸吉は見定めた。

生暖かい風が吹き抜け、木洩れ日が揺れた。

「で、卯之吉、岡崎さん、紋次は恨みを買って殺されたようだが、心当たりはないかな」

和馬は、岡崎と卯之吉を見据えた。

「心当たりだと……」

岡崎は、和馬を睨み付けた。

「ああ。紋次はお前さんたちと連んでした事で恨みを買い、殺された」

和馬は読んでみせた。

卯之吉は、微かに狼狽えた。

「俺たちがした事で恨みを買ったたと……」

岡崎は声を荒らげ、卯之吉の狼狽《ろうばい》を素早く隠した。

「違うのかな……」

和馬は、蔑むような笑みを浮かべた。

「俺たちが何をしたと云うのだ」

岡崎は、僅かに声を震わせた。

「心当たり、あるようだな」

和馬は、厳しく見据えた。

「ない。心当たりなどあろう筈がない。なあ、若旦那……」

「は、はい……」

卯之吉は、微かに震えながら頷いた。

「本当か、卯之吉……」

和馬は、卯之吉を厳しく見据えた。

「えっ……」

「知らぬ。俺たちは何も知らぬ。行くぞ、若旦那……」

岡崎は、卯之吉を促してその場を離れた。

卯之吉は、慌てて続いた。

「和馬の旦那……」

「ああ。紋次が殺されたのに、心当たりがあるようだな」

和馬は睨んだ。

「間違いありませんね」

幸吉は頷いた。

「心当たりがあるとなると、黙っちゃあいないだろうな」

「ええ。下手をすれば、紋次の次は自分かもしれませんからね」

「よし……」

和馬は嘲りを浮かべ、去って行く卯之吉と岡崎を追った。

幸吉は続いた。

卯之吉、岡崎英之助、紋次の三人は、連んで悪行を働いた。そして、恨みを買って紋次は殺され、次は岡崎か卯之吉かもしれないのだ。

殺られる前に殺るしかない……。

卯之吉と岡崎は、先手を打って紋次を殺した者を狙う筈だ。

和馬と幸吉は、下谷広小路の雑踏を行く卯之吉と岡崎を慎重に追った。

三

鳥越川は三味線堀から続き、蔵前通り鳥越橋の手前で新堀川と合流し、浅草御蔵脇から大川に流れ込んでいる。

柳橋の弥平次は、再び元鳥越町甚内長屋におちよの家を訪れた。

おちよは、家に戻ってはいなく、その形跡も窺えなかった。

弥平次は、元鳥越町の木戸番を『笹舟』に走らせ、托鉢坊主の雲海坊を呼んだ。

雲海坊は、下手な経を読みながらやって来た。

弥平次は、大工政吉の身投げなどを詳しく教え、おちよを見張るように命じた。

「承知しました。ですが親分、おちよ、ちょいと出掛けているだけなんですかね」

雲海坊は、おちよが甚内長屋から秘かに姿を消したと睨んだ。

「うむ。そいつを見極める為にも、暫く見張ってみてくれ」

「分かりました」

雲海坊は頷いた。


浪人の岡崎英之助は、背後を振り返って和馬と幸吉の尾行を警戒した。そして、油問屋『山城屋』の若旦那卯之吉に厳しい面持ちで何事かを告げていた。

卯之吉は、怯えを滲ませて頷いていた。

和馬と幸吉は、充分に距離を取って卯之吉と岡崎を尾行した。

卯之吉と岡崎は、明神下の通りを神田川に向かった。

岡崎は、神田明神の前で別れず、卯之吉と共に神田川に架かる昌平橋を渡った。

卯之吉を神田須田町の油問屋『山城屋』に送って行くのか……。

和馬と幸吉は睨み、昌平橋を渡った。

「幸吉の兄貴……」

背後から来た由松が、幸吉に並んで和馬に会釈をした。

「おう。丁度良かった」

由松は、勇次と身投げした大工政吉の死体を大川や江戸湊に探していた。だが、見付からず、捜索を打ち切っていた。

「紋次殺しに拘わりのある奴らですか……」

由松は、先を行く卯之吉と岡崎を示した。

「うん……」

幸吉は、紋次と卯之吉や岡崎の拘わりを教えた。

卯之吉と岡崎は、神田須田町の油問屋『山城屋』の前で立ち止まった。

岡崎は、卯之吉に何事かを厳しく云い、油問屋『山城屋』に戻るように指示した。

卯之吉は、硬い面持ちで頷いて油問屋『山城屋』の裏手に入って行った。

岡崎は、卯之吉を見送って背後を見廻した。

和馬、幸吉、由松は、巧妙に姿を隠して見守っていた。

岡崎は、八ッ小路に向かった。

「岡崎はあっしと由松が追います。和馬の旦那は卯之吉を……」

幸吉は告げた。

紋次を殺した者が、卯之吉の命を狙って現れるかもしれない。

「心得た」

和馬は頷いた。

「兄貴、あっしが先に……」

由松は、浪人の岡崎英之助を追った。

「じゃあ和馬の旦那、御免なすって……」

幸吉は、由松に続いた。

遊び人の紋次が腹を抉られる程、恨みを買った悪行……。

岡崎英之助は、己や卯之吉が拘わっている紋次の悪行を思い返した。

強請り、集り、騙《かた》り、辻強盗、手込め……。

岡崎が知っているだけでも、紋次の悪行はいろいろあった。そして、己と卯之吉も拘わり、殺される程の恨みを買っている悪行は一件あった。

紋次の腹を抉ったのは、その一件に拘わりのある者に違いない。

岡崎は睨み、その一件の被害者の処に行ってみる事にした。


浪人の岡崎英之助は、神田川に架かる昌平橋を渡り、明神下の通りに進んだ。

由松は、物陰や行き交う人に身を隠し、巧妙に追った。

岡崎は、時々振り返って尾行を警戒しながら妻恋坂《つまこいざか》を曲がった。

由松は続いた。


油問屋『山城屋』に変わった様子は窺えず、手代や小僧、そして人足たちが忙しく働いていた。

主の徳右衛門は、若旦那の卯之吉には甘い馬鹿親父でも商いは上手《うま》いらしい。

和馬は苦笑した。

卯之吉は、油問屋『山城屋』に戻ったまま動く様子はなかった。

和馬は、蕎麦屋で蕎麦を肴に冷や酒を飲み、窓の外の油問屋『山城屋』を見張っていた。

頬被りに菅笠を被った人足のような男が現れ、油問屋『山城屋』の表や裏を見て歩き始めた。

何だ……。

和馬は眉をひそめた。

菅笠を被った人足は、油問屋『山城屋』の店内を窺った。

紋次を殺した奴……。

和馬の勘が囁いた。

「亭主、直《す》ぐ戻る」

和馬は、急いで蕎麦屋を出た。

油問屋『山城屋』の表に、菅笠を被った人足はいなかった。

和馬は、慌てて油問屋『山城屋』の裏手に走った。だが、裏手にも菅笠を被った人足の姿はなかった。

「くそっ……」

和馬は、額に滲んだ汗を拭った。

湯島の妻恋町は、妻恋坂をあがった処にあった。

浪人の岡崎英之助は、妻恋町の片隅にある小さな煙草屋を窺った。

小さな煙草屋では、老爺が店番をしていた。

由松は、物陰から岡崎を見張った。

岡崎は、険しい顔で小さな煙草屋に入った。

煙草を買うのか……。

由松は見守った。

岡崎は、店番の老爺と何事か言葉を交わしながら煙草を買っていた。

「煙草屋か……」

幸吉が、由松の背後にやって来た。

「ええ。わざわざ妻恋町迄、煙草を買いに来ますかね」

由松は眉をひそめた。

「他に用があるか……」

幸吉は、由松の読みに頷いた。

「違いますかね……」

由松は頷いた。

岡崎が、卯之吉と別れて真っ直ぐ妻恋町の小さな煙草屋に来たのは、紋次殺しと拘わりがあるからなのかもしれない。

幸吉は睨んだ。

岡崎は煙草を買い、薄笑いを浮かべて出て来た。

「あれ……」

由松は戸惑った。

「どうした」

「入る時と様子が違いましてね」

由松は、岡崎が険しい面持ちで煙草屋に入り、薄笑いを浮かべて出て来たのに戸惑った。

岡崎は、小さな煙草屋を一瞥して来た道を戻り始めた。

「追います」

「うん……」

由松と幸吉は、岡崎を追った。

夕陽は、妻恋坂を行き交う人の影を長く伸ばした。

夕暮れ時の神田明神門前町の盛り場は、早々と明りが灯されて賑わい始めていた。

岡崎は、盛り場を抜けて板塀に囲まれた仕舞屋に帰って来た。

由松は見届けた。

「帰って来たか……」

幸吉が追って来た。

「帰って来たって、この仕舞屋は岡崎の家なんですか……」

由松は眉をひそめた。

「いや。おそらく情婦《おんな》の家だ」

幸吉は、板塀で囲まれた仕舞屋は岡崎の情婦の家だと睨んでいた。

「ちょいと聞いて来ますか……」

「そうだな。じゃあ、ついでに腹拵えをして来ると良いぜ」

幸吉は告げた。

「はい。じゃあ……」

由松は、盛り場に駆け去った。
幸吉は、物陰に潜んで仕舞屋を見張った。
酔客の笑い声と酌婦の嬌声が、盛り場から響いた。

元鳥越町甚内長屋の家々には、明りが灯されて笑い声が洩れていた。
只一軒、おちよの家だけが暗かった。
雲海坊は、木戸の陰から見張り続けた。
おちよは、やはり用があって出掛けたのではなく、姿を消したのだ。
雲海坊は見定めた。
何故だ……。
おちよは、どうして姿を隠したのだ。
兄の政吉の身投げと、拘わりがあるのかもしれない。
あるとしたら、どんな拘わりなのか……。
雲海坊は想いを巡らせた。
一軒の家の明りが消え、夫婦と二人の子供が出て来て賑やかに湯屋に行った。

幸吉は、仕舞屋を見張り続けた。

「遅くなりました」

由松が戻って来た。

「分かったかい」

「ええ。そこの飯屋の親父に聞いたんですが、此処はおまちって芸者あがりの三味線の師匠の家だそうでしてね。岡崎、一ヶ月程前から入り浸っているそうですぜ」

「芸者あがりの三味線の師匠か……」

「ええ。睨み通りですぜ」

「うん……」

「で、岡崎、動く気配、ありませんかい」

由松は、板塀を廻した仕舞屋を眺めた。

「ああ……」

「じゃあ兄貴、交代します。飯、食って来て下さい」

由松は、幸吉と見張りを交代しようとした。

「火事だ。火事だぞ……」

盛り場から男の叫び声が響き、火の手があがった。

「兄貴……」

「うん……」

公儀は火事を一番嫌っている。

「みんな、火事だ」

火の粉と煙りが舞い、人々が騒ぎ始めた。

家々から出て来た人々は、盛り場の火事場に走った。そして、板塀の廻された仕舞屋から、岡崎が出て来て火事場に向かった。

「由松……」

幸吉と由松は追った。

酔っ払いたちは囃《はや》し立て、火事場は妙な賑わいを見せていた。

火の手は盛り場の裏の厠《かわや》からあがっており、飲み屋の者たちが水を掛けていた。

岡崎は、火事を囃し立てる酔っ払いたちの間に佇み、燃える厠を眺めた。

「由松、岡崎から眼を離すな。俺は火を消す手伝いに行く」

「承知……」

幸吉は、由松を残して燃える厠に走り、火を消す手伝いを始めた。
由松は、火事を眺めている岡崎を見張った。
岡崎の周囲の酔っ払いたちは、囃し立てて賑やかな笑い声をあげていた。
厠の火事に死人や怪我人はいないのが、酔っ払いたちを賑やかにしているようだ。
岡崎は、賑やかな酔っ払いたちに囲まれて苦笑していた。
由松は見張った。
岡崎の苦笑が、不意に凍て付いた。
どうした……。
由松は戸惑った。
岡崎は、苦笑を醜く歪ませて眼の前の頬被りの男を睨み付けていた。
しまった……。
由松は、酔っ払いを突き飛ばして岡崎の許に向かった。
頬被りの男は、素早く岡崎の傍から離れた。
岡崎が倒れ込み、周囲にいた酔っ払いが驚いて後退りした。
「退け、退いてくれ」

由松は、酔っ払いを掻《か》き分けて倒れた岡崎の前に出た。

岡崎は、脇腹から血を流して倒れていた。

「おい、しっかりしろ……」

由松は、倒れている岡崎の様子を窺った。

岡崎は、脇腹を深々と刺されて意識を失っていた。

由松は辺りを見廻した。

周りには恐ろしげに見ている酔っ払いがいるだけで、頬被りをした男はいなかった。

頬被りの男は、騒ぎに紛れて既に姿を消したのだ。

「医者だ。医者はいないか……」

由松は叫んだ。だが、医者だと名乗り出る者はいなかった。

「呼んで来るぜ」

酔っ払いの中の若い職人が走った。

「由松……」

幸吉が駆け付けて来た。

「兄貴、やられてしまった」

由松は、意識を失い、血を流して倒れている岡崎を示した。

「やったのは……」

「そいつが頬被りをした男なんですが、火事見物の酔っ払いに紛れて、良く分からないんです」

由松は、悔しげに告げた。

「そうか……」

岡崎を刺したのは、おそらく紋次を殺した者なのだ。

幸吉は睨んだ。

厠の火事は消え始めていた。

火事は岡崎を誘い出し、騒ぎに紛れて刺し殺す為の仕組まれた付け火なのだ。

幸吉は睨んだ。

駆け付けた医者が、厳しい面持ちで岡崎の手当てを始めた。

厠の火事は、連なる飲み屋に燃え移る事もなく消し止められた。

「厠の火事、やはり付け火だったのか……」

久蔵は眉をひそめた。

「はい。厠に油を撒いて火を付けたようです」

和馬は告げた。

「そうか。ま、小火《ぼや》で済んで何よりだ」

「はい……」

「で、和馬。幸吉たちは、付け火をしたのは遊び人の紋次を殺した者だと睨んでいるのか」

「はい。火事騒ぎを起こして浪人の岡崎英之助を誘い出し、野次馬に紛れて刺したと……」

和馬は、幸吉たちの睨みを告げた。

「ま、そんな処だろうな。で、刺された岡崎はどうなった」

「そいつが、気を失ったまま夜明けに……」

「死んだか……」

「はい。それで、傷口を検めたのですが、紋次同様、深々と刺されて抉られていました」

「残るは油問屋山城屋の卯之吉か……」

「はい。今朝から幸吉たちが見張りに付いていますが、秋山さま、おそらく卯之吉は、誰が何故、紋次と岡崎を殺したか知っている筈です。大番屋で締め上げてやりますか……」

「和馬、紋次と岡崎を殺した野郎は、卯之吉を見張っているだろう。そんな真似をすれば、おそらく暫く鳴りをひそめ、熱を冷まそうとするだろうな」

「じゃあ、このまま卯之吉を……」

「泳がせ、紋次と岡崎を殺した野郎の出方を窺う……」

久蔵は平然と告げた。

「ですが秋山さま、相手は岡崎を殺す為に付け火迄した奴です。卯之吉にどんな仕掛けをして来るのか……」

和馬は眉をひそめた。

「和馬、危ないのは承知だ。卯之吉も手前のした事を思い出して覚悟を決めるしかないな」

久蔵は冷たく笑った。

油問屋『山城屋』は、幸吉、由松、勇次の監視下に置かれた。

幸吉は、殺された岡崎英之助が訪れた妻恋町の煙草屋が気になった。

「どうだ……」

和馬がやって来た。

「卯之吉の奴、家から一歩も出ませんぜ」

「そうか……」

和馬は苦笑した。

「和馬の旦那、ちょいと気になる事がありましてね……」

幸吉は、和馬に断って妻恋町の煙草屋に急いだ。

四

おちよは、元鳥越町甚内長屋に戻って来なかった。

雲海坊は、やって来た弥平次とおちよの家に踏み込んだ。

おちよの家の中は綺麗に掃除され、片付けられていた。

弥平次と雲海坊は、家の中を見廻した。

家の隅には蒲団が畳まれており、卓袱台《ちゃぶだい》や火鉢などの数少ない道具があった。

雲海坊は、部屋の隅にある手作りの小さな仏壇を検めた。

仏壇には、『俗名政吉之霊位』と書かれた白木の位牌だけがあった。

「親分……」

雲海坊は、戸惑った面持ちで弥平次に声を掛けた。

「どうした……」

「おちよと政吉の二親、随分昔に亡くなったんですよね」

「ああ。そう聞いているが……」

「じゃあ、位牌がある筈ですよね」

「二親の位牌、ないのか……」

「ええ。政吉の位牌はあるんですがね」

「なに……」

弥平次は眉をひそめた。

「おちよが二親の位牌を持って出て行ったのなら、政吉の位牌、どうして持って行かなかったんですかね」

雲海坊は首を捻った。

「妙だな……」

「ええ。妙です」

「そうか……」

弥平次は、家の中を見廻した。

「どうしました……」

「何か変だと思ったのだが、政吉の大工道具がないんだ」

「大工道具……」

「ああ。身投げをした政吉が残した大工道具箱なんだが、家の何処にもないんだな」

弥平次は、厳しい面持ちで告げた。

「政吉の位牌は残されていて、大工道具はありませんか……」

「ああ。要らない物は残し、要る物は持って行ったとしたら……」

弥平次は、その眼を光らせた。

「ええ。となると親分、こいつはいろいろありそうですね」

雲海坊は、小さな笑みを浮かべた。

「うむ……」

弥平次は頷いた。

妻恋町の小さな煙草屋は、立ち寄る客も少なく店番の老爺がじっと座っていた。

幸吉は、木戸番に小さな煙草屋に就いて尋ねた。

小さな煙草屋の老爺は、利平《りへい》と云う主で一人暮らしだった。

「一人暮らしですか……」

「ええ。半年前迄はおもとちゃんって孫娘と二人暮らしだったんですがね。おもとちゃんが亡くなってからは、ずっと一人で……」

「孫娘、半年前に死んだんですかい……」

幸吉は戸惑った。

「ええ……」

「病で……」

幸吉は訊いた。

「いえね。それが首を括《くく》ったんですよ」

木戸番は声をひそめた。

「首を括った……」

幸吉は驚いた。

「ええ……」

「そいつは、又どうして……」

「それが利平さんは知っているようなんですが、何も云いませんでしてね。良く分からないんですよ」

「そうですか……」

「利平さん、もう直、曾孫《ひまご》の顔が見られると喜んでいたんですがね。気の毒に……」

「曾孫って事は、おもとさん、誰かと所帯を持つ筈だったのですか……」

「ええ……」

「相手はどんな男ですかね」

「さあ、詳しく知りませんが、利平さんの話じゃあ、真面目な働き者だそうですよ」

「なのに、おもとさんは首を括った……」

「ええ。何があったのか……」

「おもとさん、利平さんの煙草屋を手伝っていたんですかい……」

「いいえ。浅草は東本願寺前の茶店に奉公していましたよ」

「東本願寺前の茶店ですか……」

「ええ……」

「茶店の屋号は……」

「確か花やだったと思いますが……」

木戸番は首を捻った。

煙草屋の孫娘おもとの自害は、紋次や岡崎殺しと拘わりがあるのかもしれない。

何故、首を括ったのか……。

幸吉は、東本願寺前の茶店『花や』に急いだ。

紋次と岡崎を殺した男は、油問屋『山城屋』の周囲に必ずいる。

和馬は、油問屋『山城屋』を窺っていた頬被りに菅笠を被った人足を思い出した。

あの男だ……。

和馬は睨み、由松や勇次と油問屋『山城屋』の周囲を見張った。

浅草東本願寺門前の茶店『花や』は、墓参りの客が訪れていた。

「ちょいと訊きたい事があってね」

幸吉は、女将に懐の十手を見せた。

女将は眉をひそめ、幸吉を客から離れた処に誘った。

「何でしょうか……」

「此処におもとって娘が奉公していたね」

「えっ、ええ……」

女将は頷いた。

「おもと、自害したと聞いたが、どうしてか知っているなら教えちゃあくれませんか……」

幸吉は頼んだ。

「それは……」

女将は、顔を強張らせて躊躇った。

知っている……。

幸吉は睨んだ。

「女将さん、紋次って遊び人と岡崎英之助って浪人が殺されましてね」

幸吉は、女将を見据えて畳み掛けた。

「えっ……」

女将は驚き、顔色を変えた。

「知っている事を正直に話してくれないのなら、大番屋に来て貰う事になりますよ」

幸吉は、穏やかに告げた。

「そ、そんな……」

女将は狼狽えた。

「女将さん、面倒に巻き込まれるのが嫌なのは良く分かります。ですが、どうやら紋次と岡崎殺しには、おもとの自害が拘わっているようなんです。知っていて話してくれないとなると……」

幸吉は、厳しさを滲ませた。

女将は困惑し、深々と溜息を洩らした。

「女将さん……」

「おもとちゃん、油問屋の若旦那に言い寄られましてね。でも、おもとちゃんは撥ね付けたんですよ。そうしたら若旦那は怒り、紋次と岡崎におもとちゃんを攫《さら》わせたんです。そして、手込めにしたんですよ」

「手込め……」

幸吉は眉をひそめた。

「ええ。挙げ句の果てに紋次や岡崎も……」

女将は、怒りと悔しさに声を震わせた。

「おもと、それで自害を……」

幸吉は、おもとの自害の理由を知った。

「ええ。もう直、好きな人と所帯を持つって時だったのに……」

「おもと、言い交わした男がいたのですか……」

「ええ。お祖父ちゃんも曾孫の顔が見られると、喜んでいたのに、酷い話ですよ」

女将は、浮かぶ涙を前掛で拭った。

おもとは、卯之吉、紋次、岡崎に手込めにされ、玩具《おもちゃ》にされて首を括って自害をした。

幸吉は、おもとを哀れんだ。

紋次と岡崎を殺したのは、おそらくおもとと言い交わした男なのだ。そして、男は卯之吉の命も狙っているのだ。

幸吉は睨んだ。

「おもとが言い交わした男ってのは、何処の誰ですかい……」

「おもとちゃんの朋輩のおちよちゃんの兄さんですよ」

「おちよの兄さん……」

幸吉は眉をひそめた。


「政吉の白木の位牌は残し、大工道具はないのか……」

久蔵は眉をひそめた。

「はい。で、昔、死んだ両親の位牌はありませんでした」

弥平次は告げた。

「そして、おちよは姿を消したか……」

「はい」

弥平次は頷いた。

「柳橋の。どうやら、政吉の身投げは狂言のようだな」

久蔵は読んだ。

「やはり、そう思われますか……」

「うむ。だが、分からねえのは、政吉が何故に身投げの狂言を打ち、死んだ振りをしなければならなかったのかだ」

「はい……」

弥平次は頷いた。

「して、おちよの行方は分からないのだな」

「今、雲海坊が足取りを追っています」

「そうか……」

「秋山さま……」

小者が庭先にやって来た。

「おう、どうした」

「柳橋の幸吉が御目通りを願っております」

「よし。通せ」

「はい……」

小者が退き下がり、代わって幸吉が庭先に現れて久蔵と弥平次に会釈をした。

「どうした、幸吉……」

「はい。紋次や岡崎、そして卯之吉を殺したい程、恨んでいる者が浮かびました」

「そいつは、ひょっとしたら大工の政吉か……」

久蔵は睨んだ。

「は、はい」

幸吉は、久蔵が知っているのに戸惑いながら頷いた。

「して幸吉、政吉が三人を殺す理由は何なんだ……」

「はい。言い交わした女の恨みを晴らす為だと思います」

「言い交わした女の恨み……」

久蔵は、厳しさを滲ませた。

油問屋『山城屋』の若旦那の卯之吉は、家から出て来る様子はなかった。

和馬は、由松や勇次と卯之吉を見張ると共に頰被りに菅笠を被った男を捜した。

しかし、頰被りに菅笠を被った男は、見付ける事は出来なかった。

「和馬の旦那……」

幸吉が、和馬の許に駆け寄った。

「おう……」

「如何ですかい……」

「変わりなしだが、近くに潜んでいるのは間違いない。で、そっちは……」

「はい……」

幸吉は、大工の政吉と自害したおもとの事を詳しく話し、久蔵の睨みを報せた。

「それで、秋山さまがお見えになります」

「そうか……」

和馬は頷き、日本橋の通りを眺めた。

着流しの久蔵が、塗笠を被ってやって来るのが見えた。


油問屋『山城屋』の主徳右衛門は、南町奉行所吟味方与力の秋山久蔵が訪れたのに驚き、慌てて座敷に通した。

油問屋『山城屋』の座敷は、人通りの多い通りの傍にしては静かだった。

「山城屋徳右衛門にございます」

徳右衛門は、侮りを浮かべて久蔵に頭を下げた。

「おぬしが山城屋徳右衛門か、私は南町奉行所の秋山久蔵だ」

久蔵は告げた。

「はい。お噂はかねがね御伺い致しております。それで今日は……」

徳右衛門は、迷惑げに久蔵を窺った。

「徳右衛門、卯之吉って倅がいるな」

「は、はい。卯之吉が何か……」

徳右衛門は、微かな不安を過ぎらせた。

「いいから、黙って此処に呼びな」

久蔵は、伝法に命じた。

「は、はい。番頭さん……」

徳右衛門は戸惑い、控えていた番頭に卯之吉を呼んで来るように命じた。

番頭が卯之吉を連れて来た。

「お父っつぁん……」

卯之吉は、不機嫌な面持ちでやって来た。

「卯之吉、南町奉行所の秋山さまに御挨拶をしなさい」

徳右衛門は、卯之吉に指図した。

「それには及ばねえ。お前が卯之吉か、俺は南町の秋山久蔵だ」

久蔵は、卯之吉に挨拶をさせなかった。

「は、はい……」

卯之吉は、戸惑ったように父親の徳右衛門を窺った。

「卯之吉、お前、半年前に東本願寺門前の茶店に奉公していた娘に言い寄って振られたな」

久蔵は、構わず続けた。

「えっ、ええ……」

「で、振られたのを怒り、取り巻きの紋次と岡崎に金を渡して娘を攫わせ、手込めにして玩具にした……」

久蔵は、卯之吉を厳しく見据えた。

卯之吉は、思わず久蔵から眼を逸らした。

「あ、秋山さま……」

徳右衛門は驚き、声を震わせた。

「そして、娘は己の不運を嘆き哀しみ、首を吊って自害した」

「首を吊った……」

徳右衛門は顔色を変えた。

「そうだな、卯之吉……」

久蔵は、怒りを過ぎらせた。

「卯之吉、お前……」

徳右衛門は、激しく狼狽えた。

「煩せえ。どうなんだ、卯之吉」

久蔵は、徳右衛門を一喝し、卯之吉に厳しく迫った。

「は、はい……」

卯之吉は、怯えを滲ませて頷いた。

「それで娘を攫い、手込めにした罪は闇の彼方に有耶無耶《うやむや》になったと、卯之吉、お前と紋次や岡崎は喜んだ。だが、有耶無耶にしたくない者が紋次を殺し、昨夜、岡崎英之助もあの世に送ったぜ」

「岡崎の旦那が……」

卯之吉は、恐怖に顔を歪めて激しく震えた。

「ああ。卯之吉、次はお前だ」

久蔵は、卯之吉を見据えて薄く笑った。

卯之吉は、震え上がった。

「あ、秋山さま、お助け下さい。お願いします」

徳右衛門は、頭を畳に擦り付けて頼んだ。卯之吉をお助け下さい。

「ならば卯之吉、一緒に大番屋に来て貰おう」

久蔵は、徳右衛門の頼みを無視して卯之吉に命じた。

「お父っつぁん……」

卯之吉は、徳右衛門に助けを求めた。

「番頭さん、例の物を秋山さまに……」

徳右衛門は、番頭に慌てて命じた。

「は、はい……」

番頭は、四個の二十五両ずつ封印した小判を載せた三方《さんぼう》を差し出した。

「秋山さま、心ばかりの献上の品にございます。どうかお納めを……」

「嘗めるんじゃあねえ」

久蔵は、三方を蹴飛ばした。

小判は音を立てて飛び散り、煌めいた。

徳右衛門、卯之吉、番頭は、思わず頭を抱えて身を縮めた。

「金をくれてやれば、誰でも言いなりになると思うんじゃあねえ」

久蔵は云い放った。

「お、畏《おそ》れいります……」

徳右衛門は、額を畳に擦り付けて恐れた。

「徳右衛門、卯之吉を咎人にしたのは、お前の愚かな甘さの所為だ。そして、その甘さは山城屋にも累を及ぼすと、篤《とく》と覚悟するが良い……」

久蔵は冷笑した。

「和馬の旦那……」

幸吉が油問屋『山城屋』を示した。

「うん……」

和馬は、幸吉、由松、勇次と油問屋『山城屋』を見詰めた。

油問屋『山城屋』から、塗笠を被った久蔵が卯之吉を連れて出て来た。

「卯之吉、逃げようなんて馬鹿な料簡《りょうけん》を起こせば、俺が叩き斬る。良いな……」

久蔵は、卯之吉に笑い掛けた。

「はい……」

卯之吉は、恐怖に震えながら頷いた。

「さあ、南茅場町《みなみかやばちょう》の大番屋だ。行きな」

久蔵は、卯之吉に命じた。

卯之吉は、重い足取りで裏通りに向かって歩き出した。


和馬、幸吉、由松、勇次は、卯之吉を追う者を見定めようとした。

だが、卯之吉を追う者はいない。

「よし、手筈通りにな」

和馬は命じた。

「承知……」

幸吉、由松、勇次は散った。

「よし……」

和馬は、卯之吉を追った。


卯之吉は恐怖に震え、裏通りを重い足取りで進んだ。

幸吉、由松、勇次は裏通りに先廻りをしてやって来た卯之吉の前と左右を進み、政吉の現れるのを待った。

和馬は、卯之吉の背後を進み、行き交う者たちに政吉を捜した。

卯之吉は進んだ。

和馬、幸吉、由松、勇次は、卯之吉を取り囲んで慎重に追った。

卯之吉は、歩きながら額の汗を拭った。

刹那、頰被りに菅笠を被った男が匕首を握り締め、路地から飛び出して猛然と卯之吉に走った。

卯之吉は、思わず悲鳴をあげて尻餅《しりもち》をついた。

和馬は地を蹴った。

幸吉、由松、勇次が、頰被りに菅笠を被った男に殺到した。

頰被りに菅笠を被った男は、殺到する幸吉、由松、勇次に気付いて逃げようとした。

和馬は、逃げ道を塞いだ。

頰被りに菅笠を被った男は、取り囲まれて立ち竦んだ。

「此迄だ。神妙にするのだな」

和馬は告げた。

頰被りに菅笠を被った男は、握り締めていた匕首を構えた。

「もう良いだろう……」

久蔵が、卯之吉の傍に現れた。

頰被りに菅笠を被った男は、久蔵を見詰めた。

「卯之吉の仕置は、この南町奉行所の秋山久蔵に任せてくれねえかな」

久蔵は、へたり込んで震えている卯之吉を示し、頰被りに菅笠を被った男に笑い掛けた。

「南の御番所の秋山さま……」

頰被りに菅笠を被った男は、久蔵の名を知っているようだった。

「ああ、決して悪いようにはしねえぜ」

久蔵は、穏やかに笑った。

頰被りに菅笠を被った男は、握り締めていた匕首を落とした。

匕首は、地面に突き刺さって小さく揺れた。


頰被りに菅笠を被った男は、身投げをした筈の大工の政吉だった。

政吉は、久蔵たちの睨み通り、許嫁《いいなずけ》のおもとを弄《もてあそ》び自害に追い込んだ紋次と岡崎英之助に恨みを晴らした。そして、すべての張本人である卯之吉の命を狙った。

「して政吉、何故に身投げの狂言をしたのだ」

久蔵は訊いた。

「妹のおちよとおもとの祖父ちゃんに迷惑を掛けたくなかったからです」

「身投げをした死人が、紋次と岡崎を殺す筈はないか……」

「はい。それに、おもとの事も世間に晒したくなかったので。秋山さま、私は大工の政吉ではありません。只の死人、亡霊なんです」

政吉は、必死な面持ちで久蔵を見詰めた。

「ならば、いつでも成仏出来るか……」

「はい」

政吉は、久蔵を見据えてしっかりと頷いた。

久蔵は、政吉の覚悟を見届けた。

「そうか、良く分かった」

「秋山さま、卯之吉はどうなりますか……」

政吉は、憎しみを露にした。

「安心しろ。おもとを拐《かどわ》かして弄んだ罪で死罪にする」

久蔵は告げた。

「ありがとうございます」

政吉は、嬉しげに頭を下げた。

「その代わり、政吉。お前は死人のままだぜ」

「えっ……」

政吉は戸惑った。

「死人を仕置する訳にはいかねえ。妹のおちよとさっさと江戸から出て行くんだな」

久蔵は、笑顔で告げた。

「ですが秋山さま、あっしは紋次と岡崎を殺めました」

「なあに、紋次と岡崎は悪行の報いを受けて化物にでも祟《たた》られ、取り憑《つ》かれて死んだのだろう。それで良いじゃねえか……」

久蔵は苦笑した。

「秋山さま……」

政吉は泣き崩れた。

久蔵は、死人の大工政吉を放免した。

久蔵は、卯之吉を死罪に処し、徳右衛門を押込《おしこめ》五十日、油問屋『山城屋』を戸《と》締《じめ》百日の刑にした。

〝押込〟の刑とは、一室に閉じ込めて外からの接触、音信を禁じるものである。そして、〝戸締〟は、門戸を釘で打ち付ける刑で商人には商いと信用に拘わる刑だ。

徳右衛門は、卯之吉に対する己の甘さを悔やまずにはいられなかった。

大工の政吉は、両親の位牌と大工道具を持って隠れていたおちよを伴い、人知れず江戸から立ち去った。

厩河岸には涼やかな川風が吹き抜け、木洩れ日が眩しく煌めいていた。

第四話

捕物出役

一

葉月——八月。

十五日は仲秋の名月であり、深川八幡宮の祭礼である。

八幡宮は江戸の神社で最も多く、深川八幡宮が元締とされている。そして、八月は萩の季節であり、亀戸《かめいど》の龍眼寺、亀戸天神、向島《むこうじま》の三囲《みめぐり》神社や百花園などが名所と云われていた。

両国広小路は賑わい、大川に架かっている両国橋には大勢の人が行き交っていた。

雲海坊は、両国橋の西詰に並ぶ露店の傍に佇んで経を読んでいた。

行き交う人の中には、雲海坊の前の欠け椀に文銭を布施をする者もいた。

雲海坊は、礼代わりに声を励まして経を読んだ。

十徳《じっとく》を着た坊主頭の男が、眼の前を通り過ぎて両国橋に向かって行った。

見覚えのある顔……。

雲海坊は、饅頭笠の下から十徳を着た坊主頭の男を見送った。

十徳を着た坊主頭の男は、粋な形《なり》をした年増と言葉を交わしながら両国橋を渡り始めていた。

誰だったか……。

雲海坊は、記憶を辿った。

変化《へんげ》の鶴吉《つるきち》……。

十徳を着た坊主頭の男は、盗賊変化の鶴吉に顔が似ている。

雲海坊は思い出し、慌てて十徳を着た坊主頭の男を追って両国橋にあがった。

十徳を着た坊主頭の男と粋な形の年増は、多くの人の行き交う両国橋を進んでいた。

雲海坊は追った。

十徳を着た坊主頭の男は、粋な形の年増を伴って両国橋を渡り終えて本所元町に入って行った。

雲海坊は、薄汚れた墨染の衣を鳴らして追った。

船宿『笹舟』の店先から、女将のおまきと客の笑い声が聞こえた。

「変化の鶴吉だと……」

岡っ引の柳橋の弥平次は、眉をひそめて湯呑茶碗を長火鉢の猫板に置いた。

「はい。坊主頭で十徳を着ていましたが、あの面は変化の鶴吉に違いありません」

雲海坊は、本所元町で十徳を着た坊主頭の男を見失い、柳橋の船宿『笹舟』に戻って弥平次に報せた。

「坊主頭の十徳姿か……」

「はい……」

〝十徳〟とは、公家《くげ》が着ていた道服から転化した羽織で、医師、茶人、俳諧師、絵師などが愛用していた。

「医者か茶之湯の宗匠《そうしょう》。金持ちの家屋敷に出入りし易い者に化けているか……」

弥平次は読んだ。

「ええ。で、親分、近頃、盗賊東雲《しののめ》の酉蔵《とりぞう》の噂は……」

「別に聞いちゃあいないな」

弥平次は首を捻った。

盗賊東雲の酉蔵は、相模《さがみ》、武蔵《むさし》、安房、上総、下総、常陸、上野《こうずけ》、下野《しもつけ》の関東八州を荒し廻っている盗賊である。変化の鶴吉は、その盗賊東雲の酉蔵一味の小頭であり、様々な者に化けて押込み先に潜り込んでいた。

「そうですか……」

「だが、鶴吉が動いているとなると、西蔵が江戸のお店に押し込む仕度をしているとみていいだろう」

「はい……」

雲海坊は頷いた。

「よし。雲海坊、幸吉たちと鶴吉を捜し、西蔵の噂を集めてくれ。俺も西蔵が今、どう動いているか、秋山さまに訊いてみる」

弥平次は、盗賊東雲の西蔵を探ってみる事に決めた。

秋山久蔵は、下男の太市を従えて南町奉行所に出仕した。

「おはようございます」

南町奉行所の腰掛けには、柳橋の弥平次が待っていた。

「おう。柳橋の、早いな……」

久蔵は、弥平次を用部屋に招き、太市に茶を持って来るように命じた。

「はい……」

太市は、返事をして立ち去った。

「で、何があったんだい……」

久蔵は、弥平次に向き直った。

「はい。秋山さま、盗賊の東雲の西蔵の近頃の動き、御存知ですか……」

「東雲の西蔵か……」

「はい」

「西蔵なら五月に、下野は真岡《もおか》の木綿《もめん》問屋に押込み、主夫婦を殺して金を奪ったと聞いているぜ」

「五月に真岡で押込みを……」

弥平次は眉をひそめた。

「ああ。柳橋の、東雲の西蔵、江戸に現れたのかい」

「雲海坊が西蔵一味の小頭、変化の鶴吉を両国橋で見掛けたと云いましてね」

「小頭の変化の鶴吉……」

久蔵は眉をひそめた。

「はい。押込み先の下調べをする役目の野郎でしてね」

「で、東雲の西蔵が江戸で押込みを働こうとしていると読んだか……」

「はい。それで、酉蔵の一番近い押込みは何処で何時《いつ》だったかと思いまして……」

「五月に下野の真岡なら、八月の江戸に現れてもおかしくはねえか……」

「はい……」

「で、その変化の鶴吉、雲海坊が見掛けた時、何をしていたんだ」

「坊主頭の十徳姿で両国橋を広小路から本所に渡っていったそうです」

「坊主頭で十徳姿か……」

「はい……」

「坊主頭で十徳姿となると、医者か茶之湯の宗匠、それとも絵師か……」

久蔵は、変化の鶴吉が何に化けているかを読んだ。

「はい。それで今、雲海坊や幸吉たちが鶴吉を捜し、東雲の酉蔵の噂を集めています」

「よし。じゃあ、俺も東雲の酉蔵の動きを調べてみるぜ」

「秋山さま……」

「柳橋の。東雲の酉蔵のような外道に、江戸で好き勝手な真似はさせねえぜ」

久蔵は、不敵な笑みを浮かべた。

大川に架かる両国橋は、両国広小路と本所深川を結んでいる。

雲海坊と勇次は、両国橋の西詰に立って変化の鶴吉が再び通るのを待った。

幸吉と由松は、本所深川で変化の鶴吉を捜し、盗賊東雲の酉蔵一味の噂を追った。

盗賊東雲の酉蔵や変化の鶴吉に拘わる噂は、容易に摑めなかった。

幸吉と由松は、博奕打ちや盗人などの溜り場とされる本所回向院《えこういん》裏の飲み屋を訪れた。

飲み屋は、中年の亭主が起きたばかりで掃除も始めていなかった。

「店は未《ま》だだぜ」

中年の亭主は、幸吉と由松に不機嫌な顔を向けた。

「そいつは承知だが、ちょいと訊きたい事があってね」

幸吉は下手に出た。

「そっちは訊きたくても、こっちは答えたくねえんだ。さっさと帰りな」

中年の亭主は吐き棄てた。

「父っつぁん、何が気に入らねえのか知らねえが、人がものを尋ねているんだ。もう少し親切にしたらどうだい」

由松は苦笑した。

「煩せえ、さっさと帰れ」

中年の亭主は怒鳴った。

次の瞬間、由松の平手打ちが中年の亭主の顔に飛んだ。

中年の亭主は倒れた。

「野郎、下手に出ていりゃあ、付け上がりやがって……」

由松は、倒れた中年の亭主の胸倉を鷲掴《わしづか》みにして引き起こした。

「父っつぁん、此の店は凶状持を匿《かくま》っているそうだな」

幸吉は笑い掛けた。

「えっ……」

中年の亭主は戸惑った。

「何なら、小伝馬町《こでんまちょう》の牢屋敷に叩き込んでやっても良いんだぜ」

幸吉は、懐の十手を見せた。

「そ、そんな。凶状持なんか匿っちゃあおりませんぜ」

中年の亭主は悔やみ、焦った。

「匿っていようがいまいが、こっちが畏れながらとお上に報せりゃあ済む話だ」

幸吉は嘲笑《あざわら》った。

「お願いです。勘弁して下さい」

中年の亭主は、恐怖に喉を引き攣らせて必死に詫びた。

「勘弁して欲しけりゃあ、素直に答えな」

「へい……」

中年の亭主は、震えながら頷いた。

「盗賊の東雲の酉蔵や一味の変化の鶴吉、知っているかい」

「東雲の酉蔵は知りませんが、変化の鶴吉らしい奴は……」

「知っているか……」

「へい。店に一、二度来た筈です」

「一人でか……」

「いえ。うちの馴染の勘次《かんじ》って博奕打ちと一緒に……」

「博奕打ちの勘次……」

「へい……」

中年の亭主は頷いた。

博奕打ちの勘次は、変化の鶴吉の事を詳しく知っているのかもしれない。

「家は何処だい」

「回向院前の茶店の納屋に住んでいます」

「兄貴……」

「うん。父っつぁん、今の話が嘘偽りだったり、誰かに喋《しゃべ》ったら、只じゃあ済まねえ」

幸吉は脅した。

「えっ……」

「覚悟しておきな」

幸吉は、中年の亭主を睨み付けた。

「へ、へい……」

中年の亭主は震え上がった。

「よし。回向院前の茶店だ」

幸吉は、由松を促した。

大川は陽差しに輝いていた。

両国橋には大勢の人が行き交っていた。

雲海坊と勇次は、両国橋の西詰に佇んで変化の鶴吉が通るのを待った。

変化の鶴吉は現れなかった。

「坊主頭に十徳を着た野郎、やって来ませんね」

勇次は、微かな疲れと苛立ちを見せた。

「ああ……」

雲海坊と勇次は、辛抱強く立ち続けた。

小半刻が過ぎた頃、粋な形の年増が本所から両国橋を渡って来た。

「勇次……」

雲海坊は眉をひそめた。

「はい」

「本所から来る粋な形の年増……」

勇次は、雲海坊の云う粋な形の年増を捜し、見付けて頷いた。

「はい……」

「昨日、変化の鶴吉と一緒にいた年増だ」

粋な形の年増は、両国橋を降りて広小路を横切り、米沢町に向かった。

「追いますか」

「うん」

「じゃあ……」

勇次は、粋な形の年増を追った。

雲海坊は、経を読みながら変化の鶴吉が通るのを待ち続けた。


本所回向院門前の茶店は、墓参りを終えた客が茶を飲んでいた。

幸吉と由松は、茶店の裏に廻った。

裏には垣根に囲まれた狭い庭があり、隅に納屋があった。

「あの納屋ですかね」

由松は、庭の隅の納屋を示した。

「うん。博奕打ちの勘次、いるかな……」

幸吉は、人が住めるように改築された納屋を見詰めた。

「ちょいと様子を窺ってきますか……」

「ああ。気を付けてな」

幸吉は頷いた。

由松は、垣根を乗り越えて庭に入り、隅の納屋に忍び寄った。そして、納屋の様子を窺った。

勘次はいるのか……。

幸吉は見守った。

由松が戻って来た。

「留守ですぜ」

「そうか……」

博奕打ちの勘次は、留守だった。

「どうします」

「よし。此処を頼む。俺は東雲の酉蔵と変化の鶴吉の噂を捜して来るぜ」

「分かりました」

「じゃあな……」

幸吉は、由松を残して本所の町に去った。

由松は、垣根越しに庭の隅の納屋を見張った。

浜町堀《はまちょうぼり》を行く荷船の舳先は流れを切り、左右に分かれた波は煌めきながら堀端に打ち寄せていた。

粋な形の年増は、浜町堀沿いの道を南に進んだ。

勇次は、慎重に尾行た。

粋な形の年増は、浜町堀に架かる栄橋《さかえばし》を渡って富沢町の料理屋『千鳥《ちどり》』の暖簾を潜った。

勇次は見届けた。

粋な形の年増の名と素性……。

勇次は、突き止める手立てを考えた。

「やっぱり、笹舟の勇次さんじゃあねえか」

栄橋の下の船着場からあがって来た中年の船頭が、勇次に声を掛けた。

「こりゃあ、万造《まんぞう》さんじゃありませんか……」

中年の船頭は、浅草駒形堂《こまがたどう》傍の船宿『湊家《みなとや》』の万造であり、勇次と顔見知りだった。

「栄橋を渡って来るのが見えたもんでな」

栄橋の下の船着場には、船宿『湊家』の屋根船が繋がれていた。

「万造さんは……」

「うん。駒形町の質屋の旦那を、そこの千鳥に送って来てな……」

万造は、料理屋『千鳥』を示した。

「駒形町の質屋の旦那ですか……」

万造は、駒形町の質屋の旦那を料理屋『千鳥』に送り、その帰りを待っているのだ。

「ああ。何しに来たのか……」

万造は苦笑した。

苦笑には、微かな蔑みが含まれていた。

「女ですか……」

勇次は眉をひそめた。

「ああ。お前さんの前を来た粋な年増な……」

「えっ……」

勇次は戸惑った。

「此処に質屋の旦那を乗せて来た時、何度か見掛けているんだぜ」

万造は、好色な笑みを浮かべた。

「じゃあ、あの年増、駒形町の質屋の旦那の情婦《おんな》なんですかい」

「ああ、きっとな……」

　万造は頷いた。

　勇次は、粋な形の年増の素性の欠片《かけら》を知った。

「で、あの年増、何処の誰なんですか」

「さあ、そこ迄は分からねえな」

　万造は首を捻った。

「そうですか……」

　勇次は、料理屋『千鳥』を眺めた。

　料理屋『千鳥』からは、三味線の爪弾《つまび》きの音が洩れていた。

　本所回向院門前の茶店に、墓参りの客が途切れる事はなかった。

　由松は、茶店の裏の納屋を見張り続けた。

「未だ戻らないか……」

　幸吉が、聞き込みから戻って来た。

「ええ。何か摑めましたか……」

「そいつが、所の地廻りや博奕打ちに聞き廻ったんだが、東雲の酉蔵の噂はないんだな」

「変化の鶴吉は……」

「うん。鶴吉の噂もこれと云ってないんだが、坊主頭に十徳の野郎なら、近頃あちこちの賭場に出入りしているそうだ」

「鶴吉ですかね」

「きっとな……」

「だとしたら、只の博奕遊びなのか、何か狙いがあっての事か……」

由松は眉をひそめた。

「ま、その辺も勘次に訊けば分かるだろう」

「ええ。勘次の野郎、何処に行ったのか……」

由松は苛立った。

二

両国広小路の賑わいは続いていた。

雲海坊は、両国橋の袂に佇んで行き交う人々に変化の鶴吉を捜した。だが、十徳を着た坊主頭の男はいなかった。

鶴吉が〝変化〟と呼ばれているのを考えると、いつまでも十徳を着ているとは限らない。かと云って、坊主頭では他の者に化けるにしても難しい。

化けるとしたら何が一番容易なのか……。

雲海坊は想いを巡らせた。そして、坊主頭を気にせずに化けられる者は、自分と同じ坊主が一番なのだと気が付いた。それも、托鉢坊主なら饅頭笠で顔を隠して動き廻れる。

托鉢坊主か……。

雲海坊は苦笑した。

変化の鶴吉はどうするのか……。

雲海坊は、本所から両国橋を渡って来る托鉢坊主に気付き、微かな緊張を覚えた。

一刻近くが過ぎた。

料理屋『千鳥』から下男が現れ、栄橋の下の船着場に駆け下り、船頭の万造に何事かを告げた。

万造は頷き、竿を取った。

駒形町の質屋の旦那が帰る……。

勇次は、栄橋の欄干の陰から見守った。

肥った白髪頭の旦那が、料理屋『千鳥』から女将や仲居たちと出て来た。

「お気を付けて……」

女将と仲居が見送った。

肥った白髪頭の旦那は、血色の良い顔を扇子で扇《あお》ぎながら船着場に降り、万造の屋根船に乗り込んだ。

万造は、肥った白髪頭の旦那を乗せた屋根船を三ツ俣《みつまた》に向けて進めた。

粋な形の年増はどうするのか……。

勇次は見張った。

僅かな刻が過ぎた頃、粋な形の年増が料理屋『千鳥』から女将と一緒に出て来た。

勇次は見守った。

粋な形の年増は、女将と笑顔で言葉を交わし、栄橋に向かって歩き出した。

勇次は、物陰に隠れた。

粋な形の年増は、栄橋を渡って浜町堀沿いの道を北に進んだ。

勇次は追った。


夕暮れ時が訪れた。

博奕打ちの勘次は、漸く茶店の納屋に帰って来た。

「さあて、どうします」

由松は、幸吉に出方を伺った。

「充分に待たされた。これ以上は待たねぇ」

幸吉は苦笑した。

「じゃあ……」

「ああ。締め上げるぜ」

「合点だ」

由松は、嬉しげに笑った。

幸吉と由松は、垣根を乗り越えて茶店の庭に入り、隅の納屋に忍び寄った。そして、板戸を蹴破り、中に踏み込んだ。

「な、何だ、手前ら……」

博奕打ちの勘次は、咄嗟に逃げようとした。

幸吉は十手を振った。

勘次は、殴り飛ばされて板壁に叩き付けられた。

「博奕打ちの勘次だな」

幸吉は笑い掛けた。

「ああ。岡っ引に痛め付けられる覚えはねえ」

勘次は、怒りを浮かべた。

「だったら、盗賊の変化の鶴吉が何処にいるか、素直に吐け」

由松は、いきなり迫った。

「変化の鶴吉……」

勘次は狼狽えた。

「ああ。手前が連んでいるのは分かっているんだ。知らねえとは云わせねえぜ」

由松は、勘次を睨み付けた。

「勘次、惚《とぼ》けるなら東雲の西蔵一味の盗賊としてお縄にするぜ」

幸吉は脅した。

「そ、そんな。あっしは只の博奕打ちで、盗賊なんかじゃあねえ……」

勘次は、幸吉と由松の出方に驚き慌てた。

盗賊として捕らえられれば、厳しい責めを受けた挙げ句に死罪は免れない。

勘次は、己が窮地に追い込まれているのに気付いて恐怖に震えた。

「じゃあ、変化の鶴吉は何処にいるんだ」

「お、親分さん、あっしが垂れ込んだって事は内緒にしてくれますか……」

勘次は、今にも泣き出しそうな顔で頼んだ。

「勘次、そいつはお前の出方次第だ……」

幸吉は笑った。

「変化の鶴吉の住処《すみか》は分かりません。ですが、今夜賭場に来る筈です」

「賭場に……」

「はい」

「何処の賭場だ」

「北本所にある賭場です」

「鶴吉が賭場に行くのは、博奕遊びだけが狙いか……」

「いえ、違います」

「違う……」

由松は眉をひそめた。

「勘次、鶴吉は賭場で何をしようとしているんだ」

幸吉は、勘次を厳しく見据えた。

「お店の番頭に近付こうとしているんで……」

勘次は眉をひそめた。

「お店の番頭だと……」

幸吉と由松は、微かな緊張を浮かべた。

狭い納屋は薄暗くなった。


両国広小路は薄暮に覆われ、流石《さすが》の賑わいも薄れていた。

粋な形の年増は、両国広小路を横切って両国橋に進んだ。

勇次は追った。

「どうだった」

雲海坊が現れた。そして、勇次と並び、両国橋を渡って本所に向かう粋な形の年増を追った。

「はい……」

勇次は、粋な形の年増の行動を教えた。

粋な形の年増は、本所竪川に架かる二つ目之橋を渡って萬徳山弥勒寺《まんとくざんみろくじ》門前を抜けた。そして、五間堀《ごけんぼり》に架かる弥勒寺橋を渡り、橋の袂にある家に入った。

勇次と雲海坊は見届けた。

「此処が住処ですかね」

勇次は、尾行の緊張を解いた。

「ああ、きっとな……」

家の窓に明りが映えた。

粋な形の年増が灯したのだ。

「どうやら間違いないようだ」

雲海坊は笑った。

「ええ……」

「よし。自身番に行って来る。此処を見張っていろ」

「承知……」

雲海坊は、勇次を残して北森下町の自身番に走った。


北本所荒井町にある賭場は、潰れた料理屋だった。

幸吉と由松は遊び人を装い、勘次に案内させて賭場に潜り込んだ。

賭場は、既に熱気に溢れていた。

幸吉と由松は、盆茣蓙を囲む客の中に坊主頭の客を捜した。

坊主頭の客はいた。

「野郎が変化の鶴吉か……」

幸吉は、勘次に坊主頭の客を示した。

「へい……」

勘次は頷いた。

幸吉と由松は、東雲の酉蔵一味の小頭である変化の鶴吉に漸く辿り着いた。

「で、鶴吉が近付こうとしているお店の番頭ってのはどいつだ……」

「未だ来ちゃあいません」

勘次は、客を見廻した。

変化の鶴吉は、賭場に通って来るお店の番頭に近付こうとしている。

幸吉と由松は、賭場に通って来る番頭の素性を摑もうとした。

「よし。番頭が来たら報せろ」

「へい……」

勘次は頷いた。

「勘次、下手な真似をすれば、お上と盗賊の東雲一味の両方に追われる事になるぜ」

幸吉は、冷笑を浮かべて勘次を脅した。

「へ、へい……」

勘次は恐怖に顔を歪めて頷き、次の間に用意されていた酒を飲み始めた。

幸吉と由松は、金を駒札に替えて盆茣蓙の端に連なった。

変化の鶴吉は、静かに駒札を張っていた。

駒の張り方は、慎重で大儲けを狙う賭け方ではなかった。

お店の番頭が来る迄の時間潰しの博奕……。

幸吉と由松はそう読み、駒札を張りながら変化の鶴吉を見張った。

弥勒寺橋の袂の家には、粋な形の年増のあとは人の出入りはなかった。

勇次は見張った。

「変わりはないようだな」

雲海坊が戻って来た。

「ええ。で、どうでした」

「うん。自身番の店番の話じゃあ、粋な形の年増の名前はおりん。芸者あがりで、深川の岡場所の女郎に三味線を教えたりしているって触れ込みだそうだ」

「おりんですか……」

粋な形の年増の名が、漸く割れた。

「うん。ま、触れ込みが本当かどうかは分からないがな」

雲海坊は苦笑した。

「おりん、東雲の酉蔵一味の盗賊なんですかね」

「おそらく間違いないだろう。で、おりんの相手は駒形町の質屋の旦那なんだな」

「ええ。肥った白髪頭の旦那でしてね。名前や店の屋号は、湊家の船頭の万造さんに訊けば分かります」

「よし。おりんは俺が見張る。勇次は、肥った白髪頭の質屋の旦那の名と店の屋号を万造さんに訊いて親分に報せてくれ」

　雲海坊は指示した。

「はい。じゃあ……」

　勇次は、駆け去った。

　雲海坊は、おりんの家に灯されている小さな明りを見詰めた。


　賭場には、博奕に勝っている者と負けている者の悲喜が激しく交錯していた。

　幸吉は盆茣蓙を離れ、次の間に行って酒を飲み始めた。

　由松は、楽しげに博奕を打っていた。

　幸吉は苦笑した。

　鶴のように痩せた中年の男が、幸吉の隣りに座って酒を飲み始めた。

「こりゃあ彦八《ひこはち》さん、お見えでしたかい……」

　変化の鶴吉が、逸早《いちはや》く気が付いて痩せた中年の男の傍に寄って来た。

　彦八と呼ばれた痩せた中年男は、鶴吉が近付こうとしているお店の番頭なのだ。

　幸吉は気付き、二人に背を向けて酒を飲み続けた。

「遅くなって申し訳ありません」

彦八は詫びた。

「いいえ。私の貸している金などほんの僅かなもの。お気になさらずに。ささ、今夜もこれで楽しく遊びましょう」

鶴吉は、己の駒札の半分を彦八に渡し、盆茣蓙に誘った。

「は、はい。ですが……」

彦八は躊躇った。

「遠慮は無用ですよ。彦八さん、さあ……」

鶴吉は、彦八の手を取らんばかりに盆茣蓙に誘った。

「そうですか……」

彦八は、渡された駒札を握り締めて嬉しげに盆茣蓙に向かった。

かなりの博奕好き……。

幸吉は苦笑した。

「奴が番頭ですぜ」

勘次が来て、酒を飲み始めた。

「ああ。何処の何て店の番頭かな……」

「三下に訊いたら、浅草駒形町の大黒屋って質屋の番頭だそうですぜ」

勘次は囁いた。

「質屋の番頭……」

幸吉は眉をひそめた。

「へい……」

勘次は頷いた。

彦八は、浅草駒形町の質屋『大黒屋』の番頭だった。

変化の鶴吉は、質屋『大黒屋』の番頭の彦八に近付こうとしている。

幸吉は知った。

勇次は、浅草駒形堂脇の船宿『湊家』の船頭万造に逢い、柳橋の船宿『笹舟』に戻った。そして、弥平次に事の次第を報せた。

「じゃあ、変化の鶴吉と一緒にいたおりんって女、駒形町の大黒屋って質屋の旦那の吉右衛門《きちえもん》と情を交わしているんだな」

弥平次は眉をひそめた。

「はい……」

勇次は、船宿『湊家』の船頭の万造から肥った白髪頭の旦那の身許を聞いて帰って来ていた。

「おりんか……」

「はい。雲海坊の兄貴の見立てじゃあ、東雲の酉蔵一味に間違いないだろうと……」

「うむ。おそらく雲海坊の見立て通りだろう」

弥平次は頷いた。

「じゃあ……」

「うむ。東雲の酉蔵一味は、駒形町の大黒屋って質屋に押し込む仕度をしているのかもしれないな」

弥平次は読んだ。

「ええ。どうしますか……」

勇次は、身を乗り出して弥平次の指示を待った。

「よし。質屋の大黒屋、ちょいと探りを入れてみな」

「承知しました」

勇次は頷いた。

盗賊東雲の酉蔵一味は、押込みの仕度をしている。

弥平次は睨んだ。


一刻が過ぎた。

質屋『大黒屋』の番頭彦八は、鶴吉に借りた駒札のすべてを擦《す》った。

彦八は、悄然《しょうぜん》とした面持ちで鶴吉に頭を下げた。

「気にしなくていいですよ。彦八さん、勝つも負けるも運否天賦《うんぷてんぷ》。この次は必ず勝って儲かりますよ」

鶴吉は、明るく励ました。

「は、はい。いつもすみません」

彦八は詫びた。

「いいえ。じゃあ、今晩はこのぐらいにするんですね」

「はい。じゃあ……」

彦八は、鶴吉に深々と頭を下げて帰って行った。

「じゃあ又。お気を付けて……」

鶴吉は、笑顔で見送った。そして、彦八の姿が見えなくなった途端に笑顔を消し、険しい面持ちになった。

幸吉と由松は見届けた。

「鶴吉の野郎、本性を隠しやがって……」

由松は吐き棄てた。

「ああ。彦八に博奕での借りを作らせ、弱味にする魂胆だぜ」

幸吉は、鶴吉の腹の内を読んだ。

「汚ねえ真似をしやがる」

「所詮は盗賊、綺麗も汚ねえもないさ」

「兄貴……」

由松は、帰って行く鶴吉を示した。

「追うぜ」

幸吉と由松は、帰って行く変化の鶴吉を追った。

北本所荒井町の賭場を出た変化の鶴吉は、夜道に慣れた足取りで北割下水《きたわりげすい》沿いの道を横川に向かった。

幸吉と由松は、二手に分かれて慎重に鶴吉を追った。

鶴吉は、背後を窺いながら油断なく進んだ。

幸吉と由松は、暗がりに身を隠しながら交代で尾行た。

横川に出た鶴吉は南に進み、法恩寺橋を渡って横十間川《よこじっけんがわ》に向かった。

何処迄行くのか……。

行き先には東雲の西蔵がいるのか……。

幸吉と由松は追った。

鶴吉は、平河山法恩寺の門前を通り、柳島町《やなぎしまちょう》と武家屋敷の間の道を進んだ。

このまま進むと横十間川に出る。そして、天神橋を渡ると亀戸町になり、亀戸天満宮がある。

鶴吉は、天神橋を渡って袂の近くにある黒板塀の廻された仕舞屋に近付いた。

そして、周囲を油断なく見廻し、素早く黒板塀の脇の路地に入った。

幸吉と由松は、天神橋の袂の暗がりから見届けた。

三

亀戸天満宮は、学問の神様として江戸庶民の信仰を集め、名高い藤の花が咲く四月には多くの見物人が訪れる。

幸吉と由松は、横十間川に架かる天神橋の袂から黒板塀の廻された仕舞屋を見張った。

夜廻りの木戸番が腰に提灯を結び、拍子木を打ち鳴らしながらやって来た。

幸吉と由松は、夜廻りの木戸番を呼び止めて十手をみせた。そして、変化の鶴吉の入った黒板塀に囲まれた仕舞屋について聞き込みを掛けた。

仕舞屋の主は、桂木宗悦《かつらぎそうえつ》と云う茶之湯の宗匠であり、若い弟子と飯炊きの老爺と三人暮らしだった。

「茶之湯の宗匠の桂木宗悦ってのが変化の鶴吉か……」

「ええ。何が茶之湯の宗匠だ」

由松は苦笑した。

「で、他に若い弟子と飯炊きの父っつぁんとなると、頭の東雲の酉蔵はいないか……」

「きっと。どうします」

「何れにしろ、仕舞屋が盗賊東雲の酉蔵一味の江戸での隠れ家に違いあるまい」

「じゃあ、酉蔵がやって来ますか……」

「ああ、必ずな」

幸吉は睨み、黒板塀に囲まれた仕舞屋を見張る場所を探した。そして、横十間川を挟んだ亀戸町の向かい側、柳島町にある荒物屋の二階の部屋を借りた。

荒物屋の二階の部屋の窓からは、天神橋と黒板塀に囲まれた仕舞屋が見えた。

幸吉は、由松に見張りを任せて弥平次に報せに走った。


盗賊東雲の酉蔵一味は、浅草駒形町の質屋『大黒屋』に押し込もうとしている。

弥平次は、久蔵に報せた。

「ほう。質屋を狙っているのか……」

久蔵は眉をひそめた。

「はい。小頭の変化の鶴吉は大黒屋の番頭の彦八の弱味を作って操ろうとしており、おりんと云う一味の女は旦那の吉右衛門を誑《たら》し込んでいます」

「番頭の彦八の弱味ってのはなんだい」

「博奕です」

「博奕……」

「はい。負けが込んで、鶴吉に随分と駒札を廻して貰っているとか……」

弥平次は苦笑した。

「そうか、旦那は女で番頭は博奕か。それじゃあ、盗賊に狙われても仕方がねえな」

久蔵は呆れた。

「ええ。で、変化の鶴吉、亀戸天満宮近くの仕舞屋に茶之湯の宗匠と云う触れ込みで、弟子と称する若い者と飯炊きの年寄りの三人で暮らしているそうです」

「頭の東雲の酉蔵はいないのか……」

「はい。おそらく酉蔵は、押込みの仕度が煮詰まった頃に来るのでしょう」

弥平次は読んだ。

「うむ。で、仕舞屋の見張りは……」

「幸吉と由松が……」

「質屋の大黒屋の方は……」

「今の処、勇次が探りを入れ、雲海坊はおりんを見張っています」

「ならば、和馬を勇次の助っ人に行かせよう」

「はい……」

「で、柳橋の。酉蔵一味の押込みはいつ頃と読む……」

「よし、東雲の酉蔵が亀戸の仕舞屋に現れたら捕物出役《しゅつやく》だ」

久蔵は、不敵な笑みを浮かべた。


「間もなくかと……」


浅草駒形町の質屋『大黒屋』は、大川を吹き抜けた川風に暖簾を揺らしていた。

勇次は、質屋『大黒屋』について聞き込みを続けていた。

「御苦労だな、勇次……」

和馬がやって来た。

「こりゃあ和馬の旦那……」

「話は秋山さまと柳橋の親分から聞いた。どうだ……」

和馬は、質屋『大黒屋』を示した。

「はい。かなり繁盛しているようです」

「それで調子に乗り、旦那は女遊びで番頭は下手な博奕で借金塗れか……」

和馬は苦笑した。

「番頭、博奕の借金があるんですか……」

「らしいぜ。ま、盗賊に狙われるだけの隙は嫌って程ある訳だが、金蔵はどうなんだい」

「噂じゃあ、千両箱の山ですが、話半分としてもかなりのものです」

「そうか。何れにしろ、大黒屋のような店が盗賊を付け上がらせるんだぜ」

和馬は、質屋『大黒屋』を腹立たしげに見据えた。


深川五間堀に架かる弥勒寺橋には、三味線の爪弾きが流れていた。

三味線の爪弾きは、おりんの家から洩れていた。

おりんか……。

雲海坊は、弥勒寺橋の袂からおりんの家を見張っていた。

三味線の爪弾きは、どことなく物悲しさを漂わせていた。

おりんは、東雲の酉蔵一味の盗賊であり、駒形町の質屋の旦那と懇《ねんご》ろになったのは押し込みの為に間違いない。

三味線の爪弾きの物悲しさは、そんな自分に一抹の不安と哀れさを感じているからかもしれない。

雲海坊は、おりんの素性や過去に微かな興味を覚えた。

三味線の爪弾きは、弥勒寺橋に物悲しく流れ続けた。

横十間川の流れは静かなものだった。

幸吉と由松は、柳島町の荒物屋の二階に陣取り、横十間川に架かる天神橋の向こうにある黒板塀の仕舞屋を見張った。

黒板塀の仕舞屋は、茶之湯の弟子と思われる若い男が表の掃除をし、飯炊きの老爺が買い物に出掛けるぐらいであり、訪れる者はいなかった。

幸吉と由松は、仕舞屋を訪れる者と変化の鶴吉が動くのを待った。

「由松……」

荒物屋の二階の部屋の窓から見張っていた幸吉が、壁に寄り掛かって居眠りをしていた由松を呼んだ。

「動きましたか……」

由松は、幸吉のいる窓辺に寄った。

「秋山さまかな……」

幸吉は、亀戸町の横十間川沿いの道を来る塗笠を被った着流しの武士を示した。

着流しの武士は、天神橋の袂に立ち止まり、塗笠をあげて辺りを見廻した。

久蔵だった。

「やっぱり、秋山さまだ……」

「ええ……」

久蔵は、荒物屋の二階の窓辺にいる幸吉と由松に小さく笑い掛けた。

幸吉と由松は、思わず会釈をした。


黒板塀の仕舞屋の南には出羽国《でわのくに》秋田藩の江戸下屋敷、北には陸奥国《むつのくに》弘前藩江戸下屋敷があり、横十間川を挟んだ西には信濃国《しなののくに》須坂藩江戸下屋敷、東には亀戸天満宮があった。

「成る程……」

久蔵は、黒板塀の仕舞屋の周囲のありようを見定めた。

「して、東雲の酉蔵は未だ現れちゃあいねえんだな」

久蔵は念を押した。

「はい。あっしどもが見張りに就いてからは、誰も来ちゃあおりません」

幸吉は告げた。

「そうか……」

「秋山さま、幸吉の兄貴……」

窓辺にいた由松が呼んだ。

久蔵と幸吉は、素早く窓辺に寄った。

旅姿の二人の町人が、仕舞屋の黒板塀の木戸の前で笠を取り、手拭で着物の土埃を払っていた。

黒板塀の木戸が開き、弟子の若い男が旅姿の二人の町人を招き入れた。

「西蔵一味の盗賊ですぜ」

由松は眉をひそめた。

「ああ。これで仕舞屋にいるのは鶴吉を入れて五人か……」

幸吉は、東雲の西蔵一味の人数を読んだ。

「幸吉、由松、東雲の西蔵の押込みは近いな」

久蔵は睨んだ。

「じゃあ……」

「うむ。東雲の西蔵、今夜にでも現れるかもしれねえぜ」

久蔵は笑った。

柳橋の船宿『笹舟』の忙しさは、夏になってからずっと続いていた。

「酉蔵の手下が来ましたか……」

弥平次は眉をひそめた。

「ああ。二人。押込みは近いな」

「はい。酉蔵も間もなく現れるでしょう」

「そこでだ、柳橋の。和馬を亀戸に廻すぜ」

「じゃあ、押し込む前に……」

弥平次は、久蔵の出方を読んだ。

「ああ、酉蔵が現れたら亀戸の仕舞屋でお縄にする」

「となると、酉蔵が現れる時をはっきり知りたいものですね」

「そいつは、おりんが教えてくれるだろう」

「おりんですか……」

「ああ。おそらく、酉蔵が来るとなるとおりんも動く筈だ」

「成る程。じゃあ、勇次を弥勒寺橋の雲海坊の処に廻しますか……」

「うむ。押し込む前に亀戸で捕らえるとなれば、駒形町の大黒屋は良いだろう。そうしてくれ」

「承知しました」

久蔵と弥平次は、盗賊東雲の酉蔵一味に対する手配りを整えた。

南町奉行所に戻った久蔵は、臨時廻り同心の蛭子《えびす》市兵衛《いちべえ》を呼んだ。

「お呼びですか……」

市兵衛は、久蔵の用部屋にやって来た。

「うん。ちょいと使いに行っちゃあくれねえか……」

「はい。して、何処に……」

「うん。陸奥国は弘前藩と出羽国は秋田藩、それに信濃国は須坂藩の江戸上屋敷だ」

「ほう、大名家の上屋敷ですか……」

市兵衛は眉をひそめた。

「うん。実はな……」

久蔵は、盗賊東雲の酉蔵一味の押込みの近い事を教えた。

「成る程、心得ました」

市兵衛は頷き、直ぐに南町奉行所から出掛けて行った。

久蔵は、南町奉行所内の役宅にいる南町奉行の筒井《つつい》和泉守《いずみのかみ》の許に急いだ。

弥勒寺橋の袂のおりんの家は、雲海坊と勇次の監視下に置かれた。

おりんは、家に籠《こ》もったまま出掛ける気配はなく、時折三味線を爪弾くだけだった。

雲海坊と勇次は、交代で見張った。

亀戸町の黒板塀に囲まれた仕舞屋は、五人の男がいるとは思えぬ静けさだった。

和馬、幸吉、由松は、荒物屋の二階から見張り続けた。

竹籠を持った飯炊きの老爺と弟子の若い男が、仕舞屋から現れて横十間川沿いの道を竪川に向かった。

「買い物かな……」

和馬は、飯炊きの老爺の持った竹籠を示した。

「ええ。そうだと思いますが、追ってみます」

由松は、荒物屋の二階の部屋から素早く出て行った。

和馬と幸吉は見張りを続けた。

飯炊きの老爺と若い男は、八百屋で茄子《なす》や胡瓜《きゅうり》、魚屋で鰻や蛤《はまぐり》などの買い物をした。

由松は見守った。

飯炊きの老爺と若い男は、手分けをして買った物を提《さ》げ、酒屋に寄った。そして、酒を届けるように注文して来た道を戻り始めた。

仕舞屋に戻る……。

由松は見定め、酒屋の様子を窺った。

酒屋の亭主は、小僧に角樽を二つ天神橋の袂の茶之湯の宗匠桂木宗悦の家に届けろと命じた。

小僧は、大八車に二つの角樽を載せて横十間川沿いの道を天神橋に向かった。

由松は追い、大八車を引いている小僧を呼び止めた。

小僧は、怪訝そうに立ち止まった。

「ちょいと手伝わせちゃくれないかな」

由松は、小僧に笑い掛けて小粒を握らせた。

「えっ……」

小僧は驚いた。

「店の旦那には内緒だぜ」

由松は囁いた。

「えっ、ええ……」

小僧は、小粒を握り締め、戸惑いながらも頷いた。


「幸吉……」

仕舞屋を見張っていた和馬が呼んだ。

幸吉は、和馬のいる窓辺に寄り、黒板塀に囲まれた仕舞屋を見た。

酒屋の印半纏を着た由松が、大八車を止めて角樽を降ろして小僧と黒板塀の内に入って行った。

和馬と幸吉は苦笑した。


由松は、角樽を持って小僧と仕舞屋の台所に廻った。

「おう、早かったな」

飯炊きの老爺は、井戸端で鰻を裂いていた。

「へい……」

「いつもの通り、台所の框に置いてくれ」

「へい……」

由松は、返事をして角樽を台所の框に運んだ。

框には、数々の皿や丼、徳利や猪口《ちょこ》が出されていた。

由松は、家の奥を窺った。

家の奥には、変化の鶴吉たちがいる筈だ。だが、家の奥は妙に静かだった。

由松は、台所の外に出た。

老爺は、鰻を裂き続けていた。

「今夜はお祝い事ですか……」

「ああ。大旦那が来て前祝いだ」

老爺は笑った。

「それはそれは、じゃあ御免なすって……」

「おう。御苦労さん」

由松と小僧は、裏庭から表に廻って仕舞屋を出た。

「世話になったな。じゃあ、誰にも内緒でな」

由松は、印半纏を小僧に返した。

「へい。じゃあ……」

小僧は、空の大八車を引いて来た道を戻って行った。

大旦那が来て前祝いだ……。

由松は、老爺の言葉を思い出しながら天神橋を渡り、荒物屋に急いだ。

四

大旦那が来て前祝いだ……。

由松は、飯炊きの老爺の言葉を和馬と幸吉に告げた。

「大旦那ってのは、東雲の酉蔵だな」

和馬は読んだ。

「ええ。由松、その大旦那、今夜来るんだな」

「はい」

由松は、喉を鳴らして頷いた。

今夜、盗賊東雲の酉蔵は、小頭の変化の鶴吉たち手下のいる仕舞屋に来る。

「良くやった由松。幸吉、俺は奉行所に一っ走りするぜ」

「承知しました」

幸吉は頷いた。

和馬は、幸吉と由松を残して南町奉行所に走った。


本所の絵図が広げられた。

「盗賊東雲の西蔵の隠れ家は此処だ……」

久蔵は、横十間川に架かる天神橋の傍の亀戸町を扇子で指した。

筆頭同心の稲垣源十郎《いながきげんじゅうろう》は、絵図を眺めた。

「亀戸天満宮の傍ですか……」

「うむ。で、捕り方を此の三ヶ所に入れようと思うのだが……」

久蔵は、亀戸町を取り囲むように三ヶ所を示した。

「結構ですな」

稲垣は、久蔵の手配りに同意した。

「秋山さま……」

和馬が、用部屋にやって来た。

「おう。どうした」

「はい。東雲の酉蔵、今夜、亀戸の仕舞屋に来るそうです」

和馬は告げた。

「今夜……」

久蔵は眉をひそめた。

「はい……」

和馬は頷いた。

「秋山さま……」

稲垣は、厳しい面持ちで久蔵の指図を待った。

「うむ。稲垣、捕物出役だ」

「心得ました。して和馬、盗賊共は何人だ」

「少なくて八人、多くて十人ぐらいかと……」

今、仕舞屋には変化の鶴吉の他に四人おり、おりんもいる。そして、東雲の酉蔵が何人かの供を連れて来る筈だ。

和馬は読んだ。

「よし。ならば、手配りを急ぎます」

稲垣は、慌ただしく用部屋を出て行った。

「捕物出役ですか……」

「うむ。お前も仕度しな」

久蔵は命じた。


五間堀の流れは西陽に煌めいた。

粋な形のおりんが、弥勒寺橋の袂の家から現れた。

漸く動く……。

雲海坊と勇次は緊張した。

おりんは、弥勒寺橋を渡って本所竪川に向かった。

雲海坊と勇次は追った。

本所竪川に出たおりんは、竪川沿いの南岸の道を東に向かった。

「亀戸の鶴吉の処に行くんですかね」

勇次は読んだ。

「うん、きっとな……」

雲海坊と勇次は、入れ替わりながら巧みにおりんを尾行た。

久蔵は、火事羽織に野袴を着込み、陣笠と鉄鞭《かなむち》を携えて控えた。

稲垣源十郎と和馬たち出役同心は、鎖帷子《くさりかたびら》、鎖鉢巻、籠手《こて》、臑当《すねあて》に刃引き刀と長十手で武装した。

南町奉行筒井和泉守は、検使与力の久蔵と出役同心の稲垣や和馬たちと水盃《みずさかずき》を交わして式台迄見送った。

玄関先には、柳橋の弥平次が待っていた。

「行くぜ、柳橋の……」

久蔵は、弥平次に笑い掛けた。

「はい、お供します」

弥平次は、久蔵の供として一行に加わった。

久蔵と稲垣や和馬たち出役同心は、僅かな捕り方を率いて出立した。

おりんは、本所竪川に架かる四つ目之橋を渡り、横十間川に進んだ。

「亀戸に間違いないな」

「はい。先に行って幸吉の兄貴に報せますか」

「そうしてくれ」

「じゃあ……」

勇次は、路地に走り込んだ。

雲海坊は、おりんを追った。

おりんの足取りは、心なしか重かった。

盗賊一味にいるのに嫌気が差しているのかもしれない。

雲海坊は、おりんの胸の内を探りながら追った。


勇次は、天神橋の袂に佇んで辺りを見廻した。

「勇次……」

荒物屋の店先に由松が現れ、勇次を呼んだ。

勇次は、由松に伴われて荒物屋の二階にあがった。

「おりんが動いたか……」

幸吉は、勇次を迎えた。

「はい。こっちに向かっています」

勇次は告げた。

「東雲の西蔵一味、みんな集まるようですね」

由松は睨んだ。

「うん。おそらく質屋の大黒屋に押し込む手筈を決めるんだろう」

「おりんが誑し込んだ旦那と、鶴吉の握った番頭の弱味をどう使うかですね」

「ああ。金蔵の鍵を持ち出させるか、押込みの手引きをさせるのか……」

「幸吉の兄貴……」

勇次が窓の外を示した。

粋な形のおりんが、黒板塀に囲まれた仕舞屋に入って行った。

追って来た雲海坊が、天神橋の袂に佇んだ。

「呼んで来ます」

勇次は告げ、二階から駆け下りて行った。

「後は東雲の酉蔵だな……」

「はい……」

幸吉と由松は、見張り続けた。

亀戸天満宮の大屋根は夕陽に輝き始めた。

日は暮れた。

幸吉、雲海坊、由松、勇次は、黒板塀に囲まれた仕舞屋を見張り続けた。

柳橋の弥平次が、荒物屋の二階の部屋にやって来た。

「こいつは親分……」

幸吉たちは迎えた。

「御苦労さん。捕物出役だ」

弥平次は、幸吉たちに告げた。

「捕物出役……」

幸吉たちは緊張した。

「秋山さまと和馬の旦那たちは、船で横川迄来て、隣りの須坂藩の下屋敷に入ったぜ」

「そうですか……」

「親分……」

窓辺にいた由松が、弥平次を呼んだ。

弥平次と幸吉たちは、窓辺に寄った。

横十間川に櫓の軋みが響き、船行燈を揺らしながら荷船がやって来た。

弥平次と幸吉たちは見守った。

荷船は、天神橋の船着場に船縁を着けた。

黒塀に囲まれた仕舞屋から、若い男が提灯を手にして迎えに出て来た。

小柄な年寄りが、二人の浪人を従えて荷船を降りた。そして、若い男に誘われて仕舞屋に入って行った。

「小柄な年寄りが東雲の酉蔵だな」

弥平次は睨んだ。

「はい。酉蔵と浪人が二人。鶴吉たちとおりんで六人。都合、一味は九人……」

幸吉は、人数を数えた。

「いや。幸吉っつぁん、荷船の船頭を入れて十人だ」

雲海坊が、荷船を舫って続いて行く船頭を示した。

「よし。俺たちも此処を引き払って須坂藩の下屋敷に行くぜ」

弥平次は告げた。

幾つかの行燈に火が灯され、座敷は明るかった。

東雲の酉蔵は、小柄な身体を上座に据えて、居並ぶ変化の鶴吉やおりんたち手下を鋭い眼差しで見廻した。

「鶴吉、おりん、大黒屋の吉右衛門と番頭の彦八はどうだ……」

「いつでも思いのままに……」

鶴吉は、嘲りを浮かべた。

「おりんもか……」

「は、はい……」

おりんは頷いた。

「流石はおりんだ。御苦労だったな」

西蔵は、薄笑いを浮かべて労った。

「いいえ……」

おりんは俯いた。

戌《いぬ》の刻五つ（午後八時）。

亀戸天満宮の隣りの光蔵寺の鐘が、夜空にその音を鳴り響かせた。

「行くぞ……」

稲垣源十郎は、六角棒身、鮫皮巻《さめがわま》き柄《づか》、朱房付きの二尺一寸の捕物出役用の長十手を振った。

和馬たち出役同心は、長十手を握り締めて信濃国須坂藩江戸下屋敷を走り出た。

幸吉、由松、勇次は続いた。

捕り方たちは高張り提灯を掲げて須坂藩江戸下屋敷から押出し、天神橋に向かった。そして、弘前藩と秋田藩の江戸下屋敷から、昼間の内に入って待機していた捕り方たちが現れ、高張り提灯を掲げて黒塀を廻した仕舞屋を一気に取り囲んだ。

稲垣源十郎の捕物出役に抜かりはなく、鮮やかな手配りだった。

久蔵は、弥平次と雲海坊を従えて稲垣の采配する捕物出役を見守った。

黒板塀の木戸は閉まっていた。

「和馬……」

稲垣は、和馬に木戸を破れと命じた。

「心得ました」

和馬は、木戸を蹴破って仕舞屋の格子戸に向かった。

幸吉、由松、勇次、そして出役同心たちが続いた。

和馬は、幸吉、由松、勇次と共に格子戸を押し倒して仕舞屋に雪崩れ込んだ。

東雲の西蔵、変化の鶴吉、おりん、そして二人の浪人と手下たちは立ち竦んだ。

「南町奉行所である。盗賊東雲の西蔵と一味の者共、最早逃げる術はない。神妙にお縄を受けろ」

稲垣は、長十手を額に斜めに翳して盗賊たちに怒鳴った。

「町奉行所は生かしたまま捕らえるのが役目だが、手に余れば容赦は要らねえぜ」

久蔵は、和馬たち出役同心に告げた。

「煩せえ、馬鹿野郎」

手下の一人が喚き、長脇差を振り翳して突進した。

和馬は、突進して来た手下の額を長十手で鋭く打ち据えた。

手下は、悲鳴をあげて倒れた。

何人もの捕り方が、倒れた手下に殺到して殴り蹴り、捕り縄を打った。

下手な情けは命取り、命を護る為には容赦は無用。徹底的にやるしかないのだ。

稲垣たち出役同心は、東雲の西蔵一味の盗賊たちに襲い掛かった。

東雲の西蔵一味の盗賊たちは抗《あらが》った。

出役同心と捕り方たちは、一人の盗賊に数人で打ち掛かった。

怒声と悲鳴が交錯し、襖《ふすま》や障子が押し倒され、壁が崩れ、天井が破られ、床が抜け、仕舞屋は音を立てて激しく揺れた。そして、老爺の作った鰻の蒲焼きなどの料理が踏みにじられ、酒が飛び散った。

盗賊たちは次々と打ちのめされ、捕縛されていった。

変化の鶴吉は、長脇差を振り廻して囲みを破り、裏から逃げようとした。

「お前が変化の鶴吉か……」

稲垣が立ちはだかった。

追い詰められた鶴吉は、悲鳴のような叫び声をあげて稲垣に斬り掛かった。

稲垣は、長十手を唸らせて鶴吉の長脇差を叩き折った。

鶴吉は怯んだ。

稲垣に容赦はなかった。

鶴吉は、稲垣の長十手に殴り飛ばされた。

捕り方たちは、壁に飛ばされた鶴吉に殺到して引き摺り倒し、折り重なるようにして捕らえた。

東雲の西蔵は、二人の浪人に護られて辛うじて外に逃れた。だが、外には高張り提灯が掲げられ、捕り方たちが囲んでいた。

二人の浪人は、何とか斬り抜けようと刀を振った。

捕り方たちは西蔵と浪人たちを取り囲み、目潰しを投げ付け、梯子《はしご》、刺股《さすまた》、袖《そで》搦《がらみ》などで動きを封じようとした。

浪人たちは、怒声をあげて暴れた。

久蔵が進み出て、暴れる浪人の一人を鉄鞭で鋭く打ち据えた。

浪人は仰け反った。

捕り方たちは、仰け反った浪人を倒して梯子で押え、踏み付けて蹴りを入れた。

浪人は悲鳴をあげた。

久蔵は、残る浪人に迫った。

「いい加減にするんだな」

久蔵は、残る浪人に嘲笑を浴びせた。

浪人は恐怖に震え、観念して刀を棄てた。

捕り方たちが殺到し、浪人を容赦なく打ちのめして縄を打った。

久蔵は、東雲の西蔵を見据えた。

西蔵は、凄まじい形相で久蔵を睨み、握っている匕首を怒りに震わせた。

「お前が東雲の西蔵かい……」

久蔵は、西蔵に笑い掛けた。

「て、手前は……」

「俺か、俺は秋山久蔵だぜ」

「剃刀久蔵……」

西蔵は、久蔵の名を聞いてたじろいだ。

刹那、久蔵は西蔵の匕首を鉄鞭で叩き落とした。

「西蔵、年甲斐のねえ真似はいい加減にするんだな」

久蔵は冷笑を浴びせた。

捕り方たちが西蔵に殺到した。


雲海坊は、仕舞屋の裏手に廻った。

裏手では、匕首を構えたおりんが捕り方たちに囲まれていた。

「おりん、西蔵や鶴吉はお縄になった。匕首を棄てて神妙にするんだな」

雲海坊は告げた。

「神妙に捕まった処で、どうせ死罪……」

おりんは、構えた匕首を震わせた。

「いや、事情によってはお上にも情けはある。だから……」

雲海坊は、何とか云い聞かせようとした。

「もう、良いんですよ、お坊さん……」

おりんは、穏やかな笑みを浮かべた。

「おりん……」

雲海坊は戸惑った。

「事情を話せば、子供の頃からの惨めな昔を思い出すだけ……」

おりんは、淋しげに笑った。

「おりん……」

雲海坊は、おりんの爪弾く物悲しい三味線の音色を思い出した。

「だから、もう良いんですよ」

おりんは、握り締めていた匕首で己の胸を突き刺した。

雲海坊は驚き、捕り方たちは響《どよ》めいた。

おりんの胸には、血が真っ赤な牡丹の花のように広がった。

雲海坊は呆然とした。

おりんは、膝から崩れ落ちて前のめりに倒れた。

「おりん……」

雲海坊は我に返り、おりんに駆け寄って抱き起こした。

「お坊さん、お経の一つでもあげてくださいな……」

「えっ……」

雲海坊は困惑した。

「ねっ、約束……」

おりんは艶然と微笑み、息を引き取った。

「分かった。約束だ……」

雲海坊は、死んだおりんと約束した。

「おりんと拘わりがあったのか……」

見守っていた久蔵が、雲海坊とおりんの許にやって来た。

「いいえ……」

雲海坊は、首を横に振った。

「拘わり、ないのか……」

久蔵は眉をひそめた。

「はい。おりんの爪弾く三味線の音色が余りにも哀しくて……」

雲海坊は、おりんに己と同じような匂いを嗅いだのかもしれない。

「そうか。だったら、おりんとの約束通りに経を読んでやるんだな」

「はい……」

雲海坊は、経を読み始めた。

久蔵は、おりんの死体に片手拝みをした。

盗賊東雲の西蔵一味に対する捕物出役は終わった。

盗賊東雲の西蔵一味の殆《ほとん》どの者は、怪我をするだけで捕縛された。

只一人、おりんだけが自害して果てた。

久蔵は、頭の東雲の西蔵と小頭の変化の鶴吉たち一味の者を悉《ことごと》く死罪に処した。

「それにしても、狙われた質屋の大黒屋、此のまま放って置いて良いんですかね」

和馬は、不満を滲ませた。

「いや。放っては置かねえよ」

久蔵は苦笑した。

「じゃあ……」

和馬は、身を乗り出した。

「ああ。和馬、旦那の吉右衛門と番頭の彦八を町奉行所に引き立て、盗賊東雲の西蔵一味のおりんや鶴吉と昵懇《じっこん》にしていた訳と、故買屋《こばいや》としての疑いがあると厳しく詮議しろ」

吉右衛門や彦八が、おりんや鶴吉から盗品を預かっていたなら故買屋として捕縛しなければならない。

質屋『大黒屋』の主の吉右衛門と番頭の彦八は、おりんと鶴吉が盗賊の一味の者だと知って狼狽えた。そして、店が盗賊東雲の西蔵一味に狙われていた事実を知り、激しい恐怖に打ちのめされた。

一番恐ろしいのは手前らの愚かさだ……。

久蔵は嗤《わら》った。


雲海坊は、無縁仏として葬られたおりんの墓を訪れ、約束通りに経を読んだ。

下手な経が響く墓地には、初秋の風が吹き抜けた。

この作品は「文春文庫」のために書き下ろされたものです。

文春文庫

秋山《あきやま》久蔵《きゅうぞう》御用控《ごようひかえ》

夕《ゆう》涼《すず》み

定価はカバーに表示してあります

2016年8月10日　第1刷

著　者　藤《ふじ》井《い》邦夫《くにお》
発行者　飯窪成幸
発行所　株式会社　文藝春秋

東京都千代田区紀尾井町 3-23　〒102-8008
TEL　03・3265・1211
文藝春秋ホームページ　http://www.bunshun.co.jp
落丁、乱丁本は、お手数ですが小社製作部宛お送り下さい。送料小社負担でお取替致します。

印刷製本・大日本印刷

Printed in Japan
ISBN978-4-16-790681-8

（　）内は解説者。品切の節はご容赦下さい。

古川　薫
花冠の志士
小説久坂玄瑞
幕末の長州、尊攘派志士の中心として活躍した久坂玄瑞。松下村塾の双璧として高杉晋作と並び称され、吉田松陰の妹・文を妻とした。24年の苛烈な人生を描いた決定版。（小林慎也）
ふ-3-18

藤井邦夫
養生所見廻り同心　神代新吾事件覚
人相書
神代新吾事件覚シリーズ第五弾。南蛮一品流捕縛術を修業する、若き同心が、事件に出会いながら成長していく姿を描く痛快作。人相書にそっくりな男を調べる新吾が知った「許せぬ悪」とは!?
ふ-30-7

藤井邦夫
秋山久蔵御用控
無法者
評判の悪い旗本の部屋住みを調べ始めた久蔵と手下たち。強請の現場を目撃するが、標的となった者たちも真っ当ではない。久蔵は事情があるとみて探索を進める。シリーズ第二十一弾！
ふ-30-26

藤井邦夫
秋山久蔵御用控
島帰り
女誑しの男を斬って、久蔵が島送りにした浪人が務めを終え江戸に戻ってきた。久蔵は気に掛け行き先を探るが、男は姿を消した。何か企みがあってのことなのか。人気シリーズ第二十二弾。
ふ-30-27

藤原緋沙子
切り絵図屋清七
ふたり静
絵双紙本屋の「紀の字屋」を主人から譲られた浪人・清七郎は、人助けのために江戸の絵地図を刊行しようと思い立つ。人情味あふれる時代小説書下ろし新シリーズ誕生！（縄田一男）
ふ-31-1

藤原緋沙子
切り絵図屋清七
飛び梅
父が何者かに襲われ、勘定所に関わる大きな不正に気づく清七。武家に戻り、実家を守るべきなのか。切り絵図屋も軌道に乗ったばかりだが――。シリーズ第三弾。
ふ-31-3

藤原緋沙子
切り絵図屋清七
栗めし
二つの殺しの背後に浮上したある同心の名から、勘定奉行の関わる大きな陰謀が見えてきた――大切な人を守るべく、清七と切り絵図屋の仲間が立ち上がる！　人気シリーズ第四弾。
ふ-31-4

誉田哲也
吉原暗黒譚
吉原で狐面をつけた者たちによる花魁殺しが頻発。吉原大門詰の貧乏同心・今村は元花魁のくノ一・彩音と共に調べに乗り出すが……。傑作捕物帳登場！　（末國善己）
ほ-15-5

松本清張
西海道談綺（全四冊）
密通を怒って上司を斬り、妻を廃坑に突き落として出奔した男の数奇な運命。直参に変身した恵之助は隠し金山探索の密命を帯びて日田へ。多彩な人物が織りなす伝奇長篇。　（三浦朱門）
ま-1-76

松井今朝子
円朝の女
江戸から明治へ変わる歴史の転換期。時代の絶頂を極めた大名人と彼を愛した五人の女たちの人生が深い感慨を呼ぶ傑作時代小説。生き生きとした語り口が絶品！　（対談・春風亭小朝）
ま-29-1

宮尾登美子
宮尾本 平家物語　全四巻
清盛の出生の秘密から、平家の栄華と滅亡までを描く畢生の大作。一門の男たちの野望と傲り、女たちの雅びと悲しみ……。壮大華麗に繰り広げられる平安末期のドラマ。宮尾文学の集大成。
み-2-9

宮城谷昌光
孟夏の太陽
中国春秋時代の大国晋の名君重耳に仕えた趙衰以来、宰相として晋を支え続けた趙一族の思想と盛衰をたどり、王とは何か臣とは何か、政治とは何かを描き切った歴史ロマン。　（金子昌夫）
み-19-4

宮城谷昌光
楚漢名臣列伝
秦の始皇帝の死後、勃興してきた楚の項羽と漢の劉邦。覇を競う彼らに仕え、乱世で活躍した異才・俊才たち。項羽の軍師・范増、前漢の右丞相となった周勃など十人の肖像。
み-19-28

宮城谷昌光
三国志　全十二巻
後漢王朝の衰亡から筆をおこし「演義」ではなく「正史三国志」の世界を再現する大作。曹操、劉備など英雄だけではなく、将、兵、そして庶民に至るまで、激動の時代を生きた群像を描く。
み-19-20

（　）内は解説者。品切の節はご容赦下さい。

三田　完
俳風三麗花
日暮里の暮愁先生の句会に集う大学教授の娘・阿藤ちゑ、医学生の池内壽子、浅草芸者の松太郎。三人娘の友情と恋模様を瑞々しく描いた本邦初の"句会小説"。（高橋睦郎）
み-37-1

三田　完
草の花
俳風三麗花
女医の壽子は満洲へ赴任。帝大の科学者と祝言をあげたちゑ。尾上菊五郎の妾となった芸者の松太郎。やがて訪れた再会の日、満洲国皇帝の御前で彼女たちが詠んだ秀句とは。（久世朋子）
み-37-2

宮木あや子
泥《こひ》ぞつもりて
いつの世も恋はせつなく、苦しいもの。清和、陽成、宇多、三代の御世を舞台に、気鋭の女性作家が描くさまざまな愛と官能のかたち。『花宵道中』の著者が送る平安恋愛絵巻。
み-48-1

村木　嵐
マルガリータ
千々石ミゲルはなぜ棄教したのか？　天正遣欧使節の4人の少年の中で帰国後ただ一人棄教したミゲル。その謎の生涯を妻の視点から描く野心作。第17回松本清張賞受賞作。（縄田一男）
む-15-1

村木　嵐
遠い勝鬨
徳川時代の長い平和の礎を築いた松平信綱。「知恵伊豆」と呼ばれた信綱が我が子のように慈しんだ少年はあろうことか過去にキリシタンの洗礼を受けていた――。（細谷正充）
む-15-2

諸田玲子
べっぴん
あくじゃれ瓢六捕物帖
娑婆に戻った瓢六の今度の相手は、妖艶な女盗賊。事件の聞き込みで致命的なミスを犯した瓢六は、恋人・お袖の家を出る。正体を見せない女の真の目的は？　衝撃のラスト！（関根　徹）
も-18-8

諸田玲子
かってまま
不義の恋の末に、この世に生を享けた美しい娘・おさい。遊女、女スリ、若き戯作者――出会った人の運命を少しずつ変えながら、おさいが待っているものとは。謎と人情の短篇集。（吉田伸子）
も-18-7

諸田玲子
お順（上下）
17歳で佐久間象山に嫁ぎ、夫の死後は兄・勝海舟を助けた順。彼女をとりまく幕末日本の勇士たちの姿と、強い情熱と愛で生きた順の波瀾の生涯を描く長編時代小説。（重里徹也）
も-18-9

森福　都
漆黒泉
十一世紀、太平を謳歌する宋の都で育ったお転婆娘、晏芳娥《あんほうが》は、婚約者の遺志を継ぎ、時の権力者、司馬光を追う。読み出したらとまらない中国ロマン・ミステリーの傑作。（関口苑生）
も-19-2

山本一力
あかね空
京から江戸に下った豆腐職人の永吉。己の技量一筋に生きる永吉を支える妻と、彼らを引き継いだ三人の子の有為転変を、親子二代にわたって描いた直木賞受賞の傑作時代小説。（縄田一男）
や-29-2

山本一力
たまゆらに
青菜売りをする朋乃はある朝、仕入れに向かう途中で大金入りの財布を拾い、届け出るが——。若い女性の視線を通して、欲深い人間たち、正直の価値を描く傑作時代小説。（温水ゆかり）
や-29-22

山本一力
朝の霧
長宗我部元親の妹を娶った名将・波川玄蕃。幸せな日々はやがて元親の激しい嫉妬によって、悲劇へと大きく舵を切る。乱世に輝く夫婦の情愛が胸を打つ感涙長編傑作。（東　えりか）
や-29-23

山本兼一
いっしん虎徹
その刀を数多の大名、武士が競って所望し、現在もその名をとどろかせる不世出の刀鍛冶・長曽祢虎徹。三十を過ぎて刀鍛冶を志して江戸へと向かい、己の道を貫いた男の炎の生涯。（末國善己）
や-38-2

山本兼一
ええもんひとつ
とびきり屋見立て帖

道具屋「とびきり屋」のゆずが坂本龍馬に道具の買い方の極意を伝える表題作ほか六篇。〝見立て力〟で幕末の京を生きる若き夫婦を描いた人気シリーズ第二弾！（杉本博司）
や-38-4